Début d'une série de documents
en couleur

COUVERTURES SUPERIEURE ET INFERIEURE D'IMPRIMEUR

8°Y²
15729

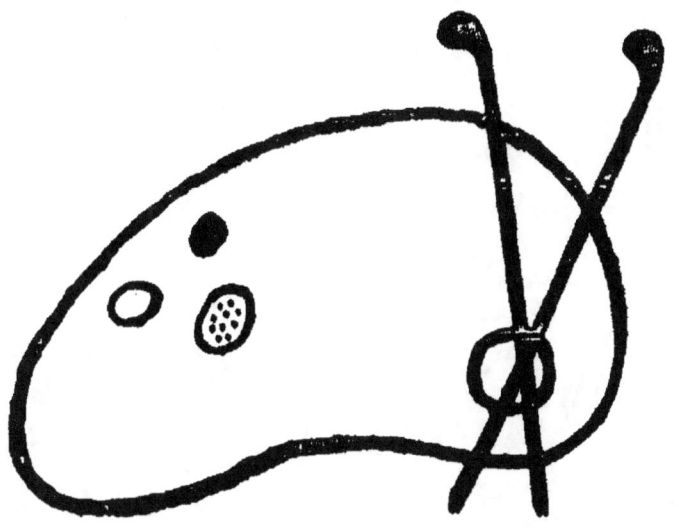

Fin d'une série de documents
en couleur

LES EXILÉS DE SIBÉRIE

1re SÉRIE IN-12.

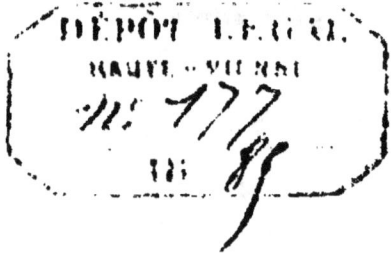

XAVIER DE MAISTRE.

LES EXILÉS
DE SIBÉRIE

PAR

M. XAVIER DE MAISTRE.

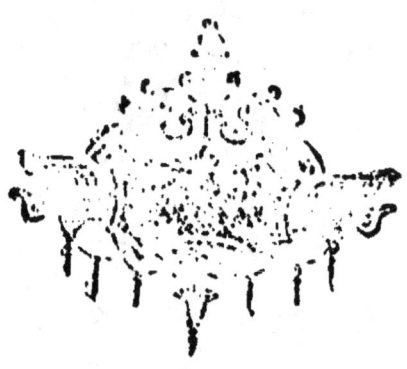

LIMOGES
EUGÈNE ARDANT ET Cⁱᵉ, ÉDITEURS.

LES

EXILÉS DE SIBÉRIE.

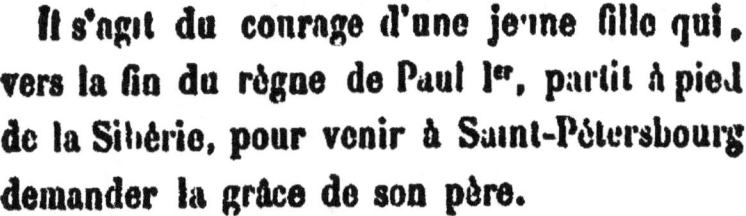

Il s'agit du courage d'une jeune fille qui, vers la fin du règne de Paul Ier, partit à pied de la Sibérie, pour venir à Saint-Pétersbourg demander la grâce de son père.

On ne lira peut-être pas sans quelque plaisir la simple histoire de sa vie, assez intéressante par elle-même sans autre ornement que la vérité.

Prascovie Lopouloff était son nom. Son

père, d'une famille noble d'Ukraine, naquit
en Hongrie , où le hasard des circonstances
avait conduit ses parents , et servit quelque
temps dans les housards noirs ; mais il ne
tarda pas à les quitter pour venir en Russie,
où il se maria. Il reprit ensuite dans sa patrie
la carrière des armes, servit longtemps dans
les troupes russes, et fit plusieurs campagnes
contre les Turcs. Il s'était trouvé aux assauts
d'Ismaïl et d'Otchakoff, et il avait mérité par
sa conduite l'estime de son corps. On ignore
la cause de son exil en Sibérie , son procès,
ainsi que la révision qu'on en fit dans la suite,
ayant été tenu secret. Quelques personnes ont
cependant prétendu qu'il avait été mis en jugement par la malveillance d'un chef, pour
cause d'insubordination. Quoi qu'il en soit, à
l'époque du voyage de sa fille , il était depuis
quatorze ans en Sibérie, relégué à Ischim, village près des frontières du gouvernement de
Tobolsk, vivant avec sa famille de la modique
rétribution de dix kopecks par jour, assignée
aux prisonniers qui ne sont pas condamnés
aux travaux publics.

La jeune Prascovie contribuait par son travail à la subsistance de ses parents, en aidant les blanchisseuses du village ou les moissonneurs, et en prenant part à tous les ouvrages de la campagne dont ses forces lui permettaient de s'occuper : elle rapportait du blé, des œufs, ou quelques légumes en payement. Arrivée en Sibérie dans son enfance, et n'ayant aucune idée d'un meilleur sort, elle se livrait avec joie à ces pénibles travaux, qu'elle avait bien de la peine à supporter. Ses mains délicates semblaient avoir été formées pour d'autres occupations. Sa mère, tout entière aux soins du pauvre ménage, semblait prendre en patience sa déplorable situation ; mais son père, accoutumé dès sa première jeunesse à la vie active des armées, ne pouvait se résigner à son sort, et s'abandonnait souvent à des accès de désespoir que l'excès même du malheur ne saurait justifier.

Quoiqu'il évitât de laisser voir à Prascovie les chagrins qui le dévoraient, elle avait été plus d'une fois témoin de ses larmes à travers les fentes d'une cloison qui séparait son réduit de la chambre de ses parents, et elle commençait depuis quelque temps à réfléchir sur leur cruelle destinée.

Lopouloff avait adressé depuis plusieurs mois une supplique au gouverneur de la Sibérie, qui n'avait jamais répondu à ses demandes précédentes. Un officier passant par Ischim pour des affaires de service, s'était chargé de la dépêche, et lui avait promis d'appuyer ses réclamations auprès du gouverneur. Le malheureux exilé en avait conçu quelque espoir; mais on ne lui fit pas plus de réponse qu'auparavant. Chaque voyageur, chaque courrier venant de Tobolsk (événement bien rare) ajoutait le tourment de l'espérance déçue aux maux dont il était accablé.

Dans un de ces tristes moments, la jeune fille, revenant de la moisson, trouva sa mère baignée de larmes, et fut effrayée de la pâleur et des sombres regards de son père, qui se livrait à tout le délire de la douleur. « Voilà, s'écria-t-il lorsqu'il la vit paraître, le » plus cruel de tous nos malheurs ! voilà l'en- » fant que Dieu m'a donnée, afin que je souf-

« fre doublement do ses maux et des miens,
« afin que je la voie dépérir lentement sous
« mes yeux, épuisée par de serviles travaux,
« et que le titre de père, qui fait le bonheur
« de tous les hommes, soit pour moi seul le
« dernier terme de la douleur ! » Prascovie
épouvantée se jeta dans ses bras. La mère et
la fille parvinrent à le tranquilliser en mêlant
leurs larmes aux siennes ; mais cette scène fit
la plus grande impression sur l'esprit de la
jeune fille. Pour la première fois, ses parents
avaient ouvertement parlé devant elle de leur
situation désespérée ; pour la première fois,
elle put se former une idée de tout le malheur de sa famille.

Ce fut à cette époque, et dans sa quinzième
année de son âge, que la première idée d'aller à Saint-Pétersbourg demander la grâce de
son père lui vint à l'esprit. Elle racontait elle-
même qu'un jour cette heureuse pensée se
présenta à elle comme un éclair, au moment
où elle achevait ses prières, et lui causa un
trouble inexprimable. Elle a toujours été persuadée que ce fut une inspiration de la Provi-

dence, et cette ferme confiance la soutint
dans la suite au milieu des circonstances les
plus décourageantes.

Jusqu'alors l'espérance de la liberté n'était
point entrée dans son cœur. Ce sentiment
nouveau pour elle la remplit d'une grande
joie : elle se remit aussitôt en prière ; mais
ses idées étaient si confuses, que ne sachant
elle-même ce qu'elle voulait demander à Dieu,
elle le pria seulement de ne pas la priver du
bonheur qu'elle éprouvait, et qu'elle ne savait
définir. Bientôt cependant le projet d'aller à
Saint-Pétersbourg se jeter aux pieds de l'empereur et lui demander la grâce de son père
se développa dans son esprit et l'occupa désormais uniquement.

Elle avait choisi, dans la lisière d'un bois
de bouleaux qui se trouvait près de la mai
son, une place favorite où elle se retirai
souvent pour faire ses prières ; elle fut plus
exacte encore à s'y rendre dans la suite. Là,
tout entière à son projet, elle venait prier
Dieu, avec toute la ferveur de sa jeune âme,
de favoriser son voyage et de lui donner la

force et les moyens de l'exécuter. S'abandonnant à cette idée, elle s'oubliait souvent dans le bois, au point de négliger ses occupations ordinaires, ce qui lui attirait des reproches de ses parents. Elle fut longtemps avant d'oser s'ouvrir à eux au sujet de l'entreprise qu'elle méditait. Son courage l'abandonnait chaque fois qu'elle approchait de son père pour commencer cette explication hasardeuse, dont elle prévoyait confusément le peu de succès. Cependant, lorsqu'elle crut avoir suffisamment mûri son projet, elle détermina le jour où elle parlerait, et se proposa fermement de vaincre sa timidité.

A l'époque fixée, Prascovie se rendit de bonne heure au bois, pour demander à Dieu le courage de s'exprimer et l'éloquence nécessaire pour persuader ses parents : elle revint ensuite à la maison, résolue de parler au premier des deux qu'elle rencontrerait. Elle désirait que le hasard lui fît trouver sa mère, dont elle espérait plus de condescendance ; mais, en approchant de la maison, elle vit son père assis sur un banc près de la porte et

fumant une pipe. Elle vint à lui courageusement, commença l'explication de son projet,
et demanda, avec toute la chaleur dont elle
fut capable, la permission de partir pour Saint-
Pétersbourg. Lorsqu'elle eut terminé son discours, son père, qui l'avait écoutée sans l'in-
terrompre, et du plus grand sérieux, la prit
par la main, en rentrant avec elle dans la
chambre où la mère apprêtait le dîner : « Ma
» femme, s'écria-t-il, bonne nouvelle ! nous
« avons trouvé un puissant protecteur ! Voilà
» notre fille qui va partir sur l'heure pour
» Saint-Pétersbourg, et qui veut bien se char-
» ger elle-même de parler à l'empereur. »
Lopouloff raconta plaisamment ensuite tout ce
que lui avait dit Prascovie. « Elle ferait mieux,
» répondit la mère, d'être à son ouvrage que
» de vous conter ces balivernes. » La jeune
fille s'était armée d'avance contre la colère de
ses parents, mais elle n'eut point de force
contre le persifflage, qui semblait anéantir
toutes ses espérances. Elle se mit à pleurer
amèrement. Son père, qu'un instant de gaieté
avait fait sortir de son caractère, reprit bientôt

toute sa sévérité. Tandis qu'il la grondait au sujet de ses larmes, sa mère attendrie l'embrassait en riant. « Allons, lui dit-elle en
» lui présentant un linge, commence par
» nettoyer la table pour le dîner ; tu pourras
» ensuite partir pour Saint-Pétersbourg, à ta
» commodité. »

Cette scène était plus faite pour dégoûter Prascovie de ses projets que des reproches ou des mauvais traitements ; cependant l'humiliation qu'elle éprouvait de se voir traiter comme une enfant se dissipa bientôt et ne la découragea point. La glace était rompue, elle revint à la charge à plusieurs reprises, et ses prières furent bientôt si fréquentes et si importunes, que son père, perdant patience, la gronda sérieusement, et lui défendit avec sévérité de lui parler là-dessus davantage. Sa mère, avec plus de douceur, tâcha de lui faire comprendre qu'elle était trop jeune encore pour songer à une entreprise si difficile.

Depuis lors, trois ans s'écoulèrent sans que Prascovie osât renouveler ses instances à ce sujet. Une longue maladie de sa mère la con-

traignit de renvoyer son projet à des temps
plus favorables; cependant il ne se passa pas
un seul jour sans qu'elle joignît à ses prières
ordinaires celle d'obtenir de son père la permission de partir, bien persuadée que Dieu
l'exaucerait un jour.

Cet esprit religieux, cette foi vive dans
une si jeune personne, doivent paraitre d'autant plus extraordinaires qu'elle ne les devait
point à l'éducation. Sans être irréligieux, son
père ignorait peu la puissance et les consolations de la prière ; et quoique sa mère fût
plus exacte à cet égard, elle manquait en
général d'instruction, et Prascovie ne devait
qu'à Dieu et à elle-même les sentiments qui
l'animaient. Pendant ces trois dernières années, sa raison s'était formée ; déjà la jeune
fille avait acquis plus de poids dans les conseils de la famille : elle put, en conséquence,
proposer et discuter son projet, que ses parents
ne regardaient plus comme un enfantillage,
mais qu'ils combattirent avec d'autant plus de
force qu'elle leur était devenue plus nécessaire. Les empêchements qu'ils mettaient à

son départ étaient de nature à faire impres
sion sur son cœur. Ce n'était plus par des
plaisanteries ou par des menaces qu'ils tâ
chaient de la dissuader, mais par des caresses
et par des larmes. « Nous sommes déjà vieux,
» lui disaient-ils , nous n'avons plus ni for-
» tune ni amis en Russie : aurais-tu le courage
» d'abandonner dans ce désert des parents
» dont tu es l'unique consolation , et cela,
» pour entreprendre seule un voyage péril-
» leux, qui peut te conduire à ta perte et
» leur coûter la vie , au lieu de leur procu-
» rer la liberté ? » A ces raisons Prascovie
ne répondait que par des larmes ; mais sa
volonté n'était point ébranlée, et chaque jour
l'affermissait dans sa résolution.

Il se présentait une difficulté d'une autre
nature, et plus réelle encore que l'opposition
de son père : elle ne pouvait partir qu'avec un
passe-port , sans lequel il ne lui était pas
même possible de s'éloigner du village. D'autre part, il n'était guère probable que le gouverneur de Tobolsk, qui n'avait jamais répondu à leurs lettres, consentît à leur accorder

cette faveur. Prascovie fut donc forcée de remettre son départ à un autre temps, et toutes ses idées se portèrent sur les moyens d'obtenir un passe-port.

Il y avait alors dans le village un prisonnier nommé Neiler, né en Russie, et fils d'un tailleur allemand. Cet homme avait été pendant quelque temps domestique d'un étudiant à l'université de Moscou, et il avait tiré de cette circonstance l'avantage de passer pour un esprit fort à Ischim. Neiler s'imaginait être un incrédule. Cette espèce de folie, jointe au métier plus utile de tailleur qu'il possédait, l'avait fait connaître des habitants et des prisonniers, dont les uns lui faisaient raccommoder leurs habits, et dont les autres s'amusaient de ses impertinences. Au nombre de ces derniers était Lopouloff, chez lequel il venait quelquefois. Neiler connaissait l'esprit religieux de la jeune personne, la persiflait au sujet de sa dévotion, et l'appelait sainte Prascovie. Celle-ci, le croyant plus habile qu'il n'était, projetait de s'adresser à lui pour en obtenir la supplique qu'elle voulait adresser au gouverneur, dans l'espoir que son père, n'ayant plus qu'à la signer, s'y déciderait plus facilement.

Elle venait un jour d'achever son blanchissage à la rivière, et se disposait à retourner au logis. Avant de partir, elle fit, à son ordinaire, plusieurs signes de croix, et se chargea péniblement de son linge mouillé. Neiler, qui passait par hasard, la vit et se moqua d'elle. « Si vous aviez fait quelques-unes de ces » simagrées de plus, vous auriez fait un mi- » racle, et votre linge serait allé tout seul à la » maison. Donnez, ajouta-t-il en s'emparant » de force du fardeau, je vous ferai voir que » les incrédules, que vous haïssez si fort, sont » aussi de bonnes gens. » Il prit en effet la corbeille, et la porta jusqu'au village. Chemin faisant, Prascovie, qui n'avait qu'un désir, celui d'obtenir un passe-port, lui parla de la supplique et du service important qu'elle attendait de lui. Malheureusement, le philosophe ne savait pas écrire : il avoua que depuis l'instant où il s'était voué à l'état de tailleur il avait totalement négligé la littérature : mais

Il lui indiqua dans le village un homme qui pourrait remplir son attente. Prascovie revint toute joyeuse, se proposant de mettre à profit le conseil dès le lendemain. En rentrant chez son père, où se trouvaient quelques personnes, Neiler se vanta hautement du service qu'il avait rendu à sainte Prascovie en lui épargnant la peine de faire un miracle, et fit d'autres mauvaises plaisanteries de ce genre ; mais il fut bientôt déconcerté par la réponse de la jeune fille. « Comment pourrais-je, lui
» dit-elle, ne pas mettre toute ma confiance
» dans la bonté de Dieu ? Je ne l'ai prié
» qu'un instant au bord de la rivière, et si
» mon linge n'est pas venu seul, il est du
» moins venu sans moi, et porté par un in-
» crédule. Ainsi le miracle a eu lieu, et je
» n'en demande pas d'autre à la Providence.»
A cette réponse, toute la société se mit à rire aux dépens du tailleur, qui se retira très piqué de l'aventure. On verra dans la suite plusieurs exemples de cette aimable présence d'esprit, qui ne l'abandonna jamais dans les circonstances les plus embarrassantes.

Le lendemain, elle s'empressa de consulter l'homme qu'on lui avait indiqué : elle apprit de lui que la supplique devait être signée par elle-même. L'écrivain se chargea de la dresser dans les formes requises ; et, lorsqu'elle fut achevée, Lopouloff, après quelque résistance, consentit à ce qu'elle fût expédiée, et profita de l'occasion pour y joindre une nouvelle lettre relative à ses affaires personnelles.

Dès ce moment les inquiétudes de la jeune personne disparurent, sa santé se raffermit, et ses parents furent charmés de lui voir reprendre sa gaieté naturelle. Cet heureux changement n'avait pas d'autre cause que la certitude où elle était d'obtenir son passe-port, et sa confiance sans bornes en la protection de Dieu. Elle allait souvent se promener sur le chemin de Tobolsk, dans l'espérance de voir arriver quelque courrier. Elle passait devant la station de la poste aux chevaux pour parler au vieil invalide qui en avait la direction, et qui distribuait le peu de lettres adressées à Ischim. Mais depuis longtemps elle n'osait lui en demander, parce qu'il lui avait parlé avec brusquerie, et s'était moqué de son projet de voyage, qu'il connaissait.

Six mois s'étaient presque écoulés depuis le départ de la supplique, lorsqu'on vint avertir la famille qu'un courrier était à la poste avec des lettres pour quelques personnes. Prascovie y courut aussitôt et fut suivie de ses parents. Lorsque Lopouloff se nomma, le courrier lui remit un paquet cacheté, contenant un passe-port pour sa fille, et prit un reçu de lui. Ce fut un moment de joie pour la famille. Dans l'abandon total où ils étaient depuis tant d'années, l'envoi de ce passe-port lui parut une espèce de faveur. Cependant il n'y avait dans le paquet aucune réponse du gouverneur aux demandes personnelles de Lopouloff. Pour sa fille, elle était libre, et l'on ne pouvait, sans la plus grande injustice, la retenir en Sibérie contre sa volonté.

Le silence absolu que l'on gardait avec son père était plutôt une confirmation de sa disgrâce qu'une faveur. Cette réflexion dissipa bientôt l'impression de plaisir que lui avait fait éprouver la condescendance du gouvernement. Lopouloff s'empara du passe-port, et déclara, dans le premier moment d'humeur, qu'il n'avait consenti à le demander que dans la certitude qu'on le lui refuserait, et pour se délivrer des persécutions de sa fille.

Prascovie suivit ses parents à la maison sans rien de mander, mais remplie d'espoir et remerciant Dieu le long du chemin d'avoir exaucé l'un de ses vœux. Son père serra le passe-port parmi ses hardes, après l'avoir enveloppé soigneusement dans un morceau de linge. Prascovie remarqua cette précaution qui lui parut de bon augure, car il aurait pu le déchirer; elle n'attribua le refus de son père qu'à un dessein particulier de la Providence, qui n'avait pas encore marqué l'heure de son départ. Bientôt après, elle se rendit au bois, où elle passa deux heures à prier, se livrant à toute la joie que son ardente imagination lui inspirait, et n'ayant plus aucun doute sur le succès de son entreprise.

Ces détails pourront paraître à quelques personnes puérils et minutieux; mais lorsqu'on

verra les projets de cette jeune fille réussir
au-delà de ses espérances et de toute probabi-
lité, malgré les obstacles sans nombre qu'elle
avait à surmonter, on se convaincra qu'aucun
motif humain n'aurait suffi pour la conduire
au but qu'elle se proposait, et qu'il fallait
pour une telle œuvre cette *foi qui transporte
les montagnes.* Dans tout ce qui lui arrivait,
Prascovie voyait toujours le doigt de Dieu.
Aussi disait-elle : « J'ai été quelquefois éprou-
vée, mais jamais trompée dans ma confiance
en Lui. » Un incident qui eut lieu peu de
temps après vint encore ranimer son courage,
et contribua peut-être à déterminer ses parents. Sa mère, sans être absolument supersti-
tieuse, s'amusait parfois à chercher des pro-
nostics de l'avenir dans les plus petits événements de la vie. Sans croire aux jours malheureux, elle évitait cependant d'entreprendre
quelque chose le lundi (1), et n'aimait point à

---

(1) En Russie, le lundi passe pour un jour malheureux parmi le peuple et les personnes superstitieuses.
La répugnance pour entreprendre quelque chose, mais

voir renverser la salière. Quelquefois elle prenait la Bible, et, l'ouvrant au hasard, elle cherchait dans la première phrase qui lui tombait sous les yeux quelque chose d'analogue à sa situation et dont elle pût tirer un bon augure. Cette manière de consulter le sort est très usitée en Russie; lorsque la phrase est insignifiante, on recommence, et en tiraillant un peu le sens on finit par lui donner la tournure qu'on désire. Les malheureux s'attachent à tout et sans ajouter beaucoup de foi à ces prédictions, ils éprouvent un certain plaisir lorsqu'elles s'accordent avec leurs espérances.

Lopouloff était dans l'usage de lire le soir un chapitre de la Bible à sa famille; il expliquait aux femmes les mots slavons qu'elles ne comprenaient pas. et cette occupation plaisait infiniment à sa fille. A la fin d'une triste soirée, ces trois solitaires étaient auprès d'une

surtout un voyage, le lundi, est si universelle, que .e très petit nombre de personnes qui ne la partagent pas s'y soumettent par égard pour l'opinion générale et presque religieuse des Russes.

table sur laquelle était le livre saint; la lecture était achevée, et le plus morne silence régnait entre eux, lorsque Prascovie s'adressant à sa mère, sans autre but que celui de renouer la conversation : « Ouvrez, je vous prie,
» la Bible, lui dit, et cherchez, dans la
» page à droite, la onzième ligne. » Sa mère prit le livre avec empressement et l'ouvrit avec une épingle; ensuite, comptant les lignes jusqu'à la onzième à droite, elle lut à haute voix les paroles suivantes :

« Or un ange de Dieu appela Agar du ciel
» et lui dit : Que faites-vous là ? ne craignez
» point. »

L'application de ce passage de l'Ecriture sainte était trop facile à faire pour que l'analogie frappante qu'il présentait avec le voyage projeté pût échapper à personne. Prascovie, transportée de joie, prit la Bible et en baisa les pages à plusieurs reprises. « C'est vraiment singulier, » disait la mère en regardant son mari. Mais celui-ci, ne voulant pas favoriser leurs idées à ce sujet, s'éleva fortement contre ces ridicules divinations. « Croyez-vous, di-

» sait-il aux deux femmes, que l'on puisse
» ainsi interroger Dieu en ouvrant un livre
» avec une épingle, et qu'il daigne répondre
» à vos folles pensées? Sans doute, ajouta-il
» en s'adressant à sa fille, un ange ne man-
» quera pas de vous accompagner dans votre
» extravagant voyage, et de vous donner à
» boire quand vous aurez soif! Ne sentez-
» vous pas quelle est la folie de s'abandonner
» à de semblables espérances? »

Prascovie lui répondit qu'elle était bien
loin d'espérer qu'un ange lui apparût pour
l'aider dans son entreprise. « Mais cependant,
» disait-elle, j'espère et crois fermement que
» mon ange gardien ne m'abandonnera pas,
» et que mon voyage aura lieu, quand je m'y
» opposerais moi-même. » Lopouloff était
ébranlé par cette persévérance inconcevable;
cependant un mois s'écoula sans qu'il fût
question du départ. Prascovie devenait silen-
cieuse et préoccupée: toujours seule dans les
bois ou dans son réduit, elle ne donnait plus
aucune marque de tendresse à ses parents.
Comme elle avait souvent menacé de partir

sans passe-port, ils commencèrent à craindre
sérieusement qu'elle n'accomplît ce projet,
et ils prenaient de l'inquiétude lorsqu'elle s'ab-
sentait de la maison plus longtemps qu'à l'ordinaire. Il arriva même un jour qu'ils la crurent décidément partie : Prascovie, en revenant de l'église, où elle était allée seule, avait
accompagné de jeunes paysannes dans une
chaumière voisine et s'y était arrêtée quelques
heures. Lorsqu'elle revint à la maison, sa
mère l'embrassa tout en larmes. « Tu as bien
» tardé, lui dit-elle. Nous avons cru que tu
» nous avais quittés pour toujours! — Vous
» aurez bientôt ce chagrin, lui répondit sa
» fille, puisque vous ne voulez pas me livrer
» le passe-port : vous regretterez alors de m'a-
» voir privée de cette ressource et de votre
» bénédiction. » Elle prononça ces paroles sans
répondre aux caresses de sa mère, et d'un ton
de voix si triste, si altéré, que la bonne mère
en fut vivement affectée. Elle lui promit,
pour la tranquilliser, de ne plus mettre d'opposition à son départ, qui dépendrait uniquement de la permission de son père. Prascovie

ne la demandait plus ; mais sa profonde tristesse la sollicitait plus éloquemment ne n'auraient pu le faire les supplications les plus vives : Lopouloff lui-même ne savait à quoi se
résoudre.

Sa femme le priait un matin d'aller prendre quelques pommes de terre dans un petit
jardin qu'il cultivait près de la maison. Im-
mobile et plein de ces tristes idées, il paraissait ne faire aucune attention à cette demande;
enfin, revenant tout à coup à lui : « Allons,
» dit-il comme pour s'encourager, *aide-toi, je*
» *t'aiderai !* » En achevant ces mots , il prit
une bêche et se rendit au jardin. Prascovie le
suivit. « Sans doute, mon père, il faut s'aider
» dans le malheur , et j'espère aussi que
» Dieu m'aidera dans la prière que je viens
» vous faire, et qu'il touchera votre cœur.
» Rendez-moi le passe-port , cher et malheu-
» reux père ! Croyez que c'est la volonté de
» Dieu. Voulez-vous forcer votre fille à l'hor-
» rible malheur de vous désobéir ? » En parlant ainsi, Prascovie embrassait ses genoux et
tâchait de lui inspirer la même confiance qui

l'animait. La mère survint. Sa fille la conjura de l'aider à fléchir son père; la bonne femme ne put s'y résoudre. Elle avait eu la force de consentir au départ; mais elle n'avait point le courage de le demander. Cependant Lopouloff ne put résister plus longtemps à de si touchantes sollicitations: il savait d'ailleurs sa fille si décidée, qu'il craignait de la voir partir sans passe-port. « Que faire avec cette enfant? s'écria-t-il. Il faudra bien la laisser partir! » Prascovie transportée de joie, s'élança au cou de son père. « Soyez sûr, lui disait-elle en l'accablant des plus tendres caresses, que vous ne vous repentirez point de m'avoir écoutée: j'irai, mon père, oui, j'irai à Saint-Pétersbourg; je me jetterai aux pieds de l'empereur. et cette même Providence qui m'en inspira la pensée et qui a touché votre cœur voudra bien aussi disposer celui de notre grand monarque en notre faveur.

» —Hélas! lui répondit son père en versant des larmes, crois-tu, pauvre enfant que l'on puisse parler à l'empereur comme tu parles

» à ton père en Sibérie ? Des sentinelles gar-
» dent de toutes parts les avenues de son pa-
» lais , et tu ne pourras jamais en passer le
» seuil. Pauvre et mendiante , sans habits ,
» sans recommandations, comment oseras-tu
» paraître , et qui daignera te présenter. »

Prascovie sentait la force de ces observations sans en être découragée : un pressenti-
ment secret l'emportait sur tous les raisonne-
ments : « Je conçois les craintes que vous ins-
» pire votre tendresse pour moi , répondit-
» elle ; mais que de motifs n'ai-je pas d'es-
» pérer ! Réfléchissez, de grâce ! Voyez de
» combien de faveurs inespérées Dieu m'a
» déjà comblée, parce que j'avais mis toute m'a
» confiance en lui ! Je ne savais comment
» avoir un passe-port, il a forcé la bouche de
» l'incrédule à m'indiquer les moyens de l'ob-
» tenir ; c'est lui qui a fléchi l'inexorable gou-
» verneur de Tobolsk. Enfin, malgré votre in-
» vincible répugnance ne vous a-t-il pas forcé
» vous-même à m'accorder la permission de
» partir ? Soyez donc certain, ajouta-t-elle,
» que cette Providence qui m'a fait surmonter

« tant d'obstacles, et qui m'a si visiblement
» protégée jusqu'ici, saura me conduire aux
» pieds e notre empereur. Elle mettra dans
» ma bouche les paroles qui doivent le per-
» suader, et votre liberté sera la récompense
»   onsentement que vous m'accordez. »

Dès cet instant le départ de la jeune fille fut
décidé, mais on n'en détermina point encore
l'époque précise. Lopouloff espérait tirer quelques secours de ses amis: plusieurs prisonniers avaient des moyens; quelques-uns même
lui avaient fait, en d'autres occasions, des
offres que sa discrétion ne lui avait pas permis
d'accepter; mais en cette occasion il se proposait d'en profiter. Il désirait aussi trouver
quelque voyageur qui pût accompagner sa fille
pendant les premières marches. Il fut trompé
dans cette double attente. Cependant Prascovie pressait son départ. Toute sa fortune con-
sistait dans un rouble en argent (1). Après
avoir vainement tenté d'augmenter cette modique somme, on fixa le jour de la cruelle sé-

(1) Valeur d'environ 4 francs.

paration, d'après le désir de la voyageuse, au 8 septembre, jour de la Nativité de la très sainte Vierge. Aussitôt que la nouvelle s'en répandit dans le village toutes leurs connaissances vinrent la voir, poussées par la curiosité plutôt que par un véritable intérêt. Au lieu de l'aider ou de l'encourager dans son entreprise, on désapprouva généralement son père de lui avoir accordé la permission de partir. Ceux qui auraient pu lui donner quelques secours parlèrent des circonstances malheureuses qui empêchent souvent les meilleurs amis de se rendre service au besoin ; et au lieu de l'assistance et des consolations que la famille attendait, ils ne lui laissèrent en la quittant que de sinistres présages. Cependant deux des plus pauvres et des plus obscurs prisonniers prirent la défense de Prascovie, et l'encouragèrent par leurs conseils.

« On a vu, disaient-ils, des choses plus diffi-
» ciles réussir contre toute espérance. Sans par-
» venir elle-même jusqu'au souverain, elle
» trouvera des protecteurs qui parleront pour
» elle lorsqu'on la connaîtra et qu'on l'ai-

« mera comme nous. » Le 8 septembre, à
l'aube du jour, ces deux hommes revinrent
pour prende congé d'elle et pour assister à
son départ. Ils la trouvèrent déjà toute disposée
pour le grand voyage, et chargée d'un sac
qu'elle avait préparé depuis longtemps. Son
père lui remit le rouble qu'il lui destinait,
mais qu'elle ne voulait point accepter ; elle
représentait que cette petite somme ne pouvait pas la conduire jusqu'à Saint-Pétersbourg
tandis qu'elle pouvait leur devenir nécessaire.
Un ordre absolu de son père put seul la lui
faire accepter. Les deux pauvres exilés voulurent aussi contribuer au petit fonds qu'elle
emportait pour le voyage ; l'un offrit trente
kopecks en cuivre, et l'autre une pièce de
vingt kopecks en argent: c'était leur subsistance de plusieurs jours. Prascovie refusa
leur offre généreuse, mais elle en fut vivement
touchée. « Si la Providence, leur dit-elle, ac-
» corde jamais quelque faveur à mes parents,
» j'espère que vous en aurez une part. »

Dans ce moment les premiers rayons du soleil levant parurent dans la chambre. « L'heure

« est venue, dit-elle ; il faut nous séparer. »
Elle s'assit, ainsi que ses parents et les deux
amis, comme il est d'usage en Russie en pa-
reille circonstance. Lorsqu'un ami part pour
un voyage de long cours, au moment de faire
les derniers adieux, le voyageur s'assied ; toutes les personnes présentes doivent l'imiter :
après une minute de repos, pendant laquelle
on parle du temps et de choses indifférentes,
on se lève, et les pleurs et les embrassements
commencent.

Cette cérémonie, qui au premier coup d'œil
paraît insignifiante, a cependant quelque chose
d'intéressant. Avant de se séparer pour longtemps, peut-être pour toujours, on se repose
encore quelques moments ensemble, comme
si l'on voulait tromper la destinée et lui dé-
rober cette courte jouissance.

Prascovie reçut à genoux la bénédiction de
ses parents, et, s'arrachant courageusement
de leurs bras, quitta pour toujours la chaumière qui lui avait servi de prison depuis son
enfance. Les deux exilés l'accompagnèrent
pendant la première verste. Le père et la

mère, immobiles sur le seuil de la porte, la suivirent longtemps des yeux, voulant lui donner de loin un dernier adieu; mais la jeune fille ne regarda plus en arrière, et disparut bientôt dans l'éloignement.

Lopouloff et sa femme rentrèrent alors dans leur triste demeure, qui désormais allait leur paraître bien déserte. Les malheureux vécurent encore plus isolés qu'auparavant; les autres habitants d'Ischim accusaient le père d'avoir lui-même poussé sa fille à cette imprudente entreprise, et le tournaient en ridicule à ce sujet. On se moquait surtout des deux prisonniers, qui, dans leur simplicité, n'avaient pas caché la promesse que Prascovie leur avait faite de s'intéresser à eux, et on les félicitait d'avance sur leur bonne fortune.

Laissons maintenant cette région de peines et suivons notre intéressante voyageuse. Lorsque les deux amis qui l'avaient accompagnée la quittèrent, elle avait trouvé plusieurs jeunes filles qui faisaient la même route qu'elle jusqu'au village voisin, éloigné d'Ischim d'environ vingt-cinq verstes. Chemin faisant, elles

furent accostées par une bande de paysans dont
quelques-uns étaient à moitié ivres ; ils des-
cendirent de cheval sous prétexte de les
accompagner : c'était à l'entrée d'un grand
bois. Les voyageuses alarmées ne voulurent
point s'y acheminer avec eux : elles avaient
quelques provisions , et s'assirent au bord d
chemin pour se restaurer , en priant les ban
dits de continuer leur route ; mais ils s'assirent
avec elles , en déclarant vouloir partager leur
déjeuner , et les accompagner ensuite jusqu'au
village. Dans cette perplexité, Prascovie , pour
éloigner ces importuns, crut pouvoir employer
une petite ruse qui lui réussit. « Nous irions
» volontiers avec vous, leur dit-elle ; mais
» nous devons attendre ici mes frères qui nous
» amènent des chariots pour nous transpor-
» ter. » Les jeunes gens virent en effet dans
l'éloignement deux chariots que Prascovie avait
aperçus avant eux ; bientôt après ils remon-
tèrent à cheval et disparurent, « C'était un
» petit mensonge , disait-elle en racontant sa
» première aventure ; il ne m'a pas porté mal
» heur. » Elle parvint heureusement au vil-

lage où elle devait s'arrêter, et logea chez un
paysan de sa connaissance qui la traita fort
bien.

Le lendemain à son réveil, la fatigue de
la première marche qu'elle eût jamais faite se
faisait vivement sentir. En sortant de l'isba (1)
où elle avait passé la nuit, elle eut un moment d'effroi lorsqu'elle se vit toute seule.
L'histoire d'Agar dans le désert lui revint à la
mémoire et lui rendit son courage. Elle fit le
signe de la croix, et s'achemina en se re-
comman 'ant à son ange gardien. Après avoir
dépassé quelques maisons, elle aperçut l'en-
seigne de l'aigle sur le cabaret du village devant lequel elle avait passé la veille ; ce qui
lui fit juger qu'au lieu d'avoir pris le chemin
de Pétersbourg, elle revenait sur ses pas. Elle
s'arrêta pour s'orienter, et vit son hôte qui
souriait sur le pas de sa porte. « Si vous

_____

(1) Maison de paysan, ordinairement composée d'une
seule chambre, dont un énorme poele occupe une bonne
partie. Quoique l'isba réponde à peu près au mot de
chaumière, il n'entraîne point cependant l'idée de misère.

» voyagez de cette manière, s'écria-t-il, vous
» n'irez pas loin, et vous feriez peut-être
» mieux de retourner chez vous. »

Cet accident lui arriva quelquefois dans la
suite ; et lorsque, dans son indécision elle demandait le chemin de Pétersbourg, à l'extrê-
me distance où elle se trouvait de cette ville on
se moquait d'elle, ce qui la jetait dans un grand
embarras. Prascovie, n'ayant aucune idée de
la géographie du pays qu'elle avait à parcourir
s'était imaginée que la ville de Kiew, fameuse
dans la religion du pays, et dont sa mère lui
avait souvent parlé, se trouvait sur le chemin de Pétersbourg ; elle avait le projet d'y
faire ses dévotions en passant, et se promet-
tait d'y prendre un jour le voile si son entreprise réussissait.

Dans la fausse idée qu'elle s'était formée de
la situation de cette ville, voyant qu'on souriait lorsqu'elle demandait le chemin de Pétersbourg, elle demandait aux passants celui de
Kiew, ce qui lui réussisait plus mal encore.

Une fois entre autres, se trouvant indécise
sur le choix de plusieurs chemins qui se croi-

saient, elle attendit un kibick qui s'approchait et pria les voyageurs de lui indiquer celui de ces chemins qui conduisait à Kiew. Ils crurent qu'elle plaisantait. « Prenez, lui dirent-
» ils en riant, celui que vous voudrez; ils
» conduisent tous également à Kiew, à Paris
» et à Rome. » Elle prit celui du milieu, qui se trouva heureusement être le sien. Elle ne pouvait donner aucun détail exact sur la route qu'elle avait tenue, ni sur le nom des villages par lesquels elle avait passé, et qui se confondaient dans sa mémoire. Lors u'elle arrivait dans un hameau peu considérable elle était ordinairement bien accueillie par les maîtres de la première maison où elle demandait l'hospitalité, mais dans les gros villages, et lorsque les maisons avaient une bonne apparence, elle avait presque toujours de la peine à trouver un asile : on la prenait souvent pour une aventurière de mauvaises mœurs, et ce soupçon si injuste lui donna de grands désagréments pendant son voyage.

Quelques marches avant d'arriver à Kamofii-cheff, un violent orage la surprit en chemin, comme elle achevait avec peine une des plus longues journées qu'elle eût encore faites. Elle redoubla de vitesse pour atteindre la première habitation qu'elle ne croyait pas être fort éloignées; mais un tourbillon de vent ayant renversé un arbre devant elle, la frayeur lui fit chercher un refuge dans un bois voisin. Elle se plaça sous un sapin entouré de hauts buissons pour se préserver de la violence du vent. La tempête dura toute la nuit, la jeune fille la passa sans abri dans ce lieu désert, exposée aux torrents de la pluie, qui ne cessa que vers le matin. Lorsque l'aube parut, elle se traîna jusqu'au chemin, exténuée de froid et de faim, pour continuer sa route. Heureusement un paysan qui passait eut pitié d'elle et lui offrit une place sur son chariot. Vers les huit heures du matin, elle arriva dans un grand village. Le paysan qui ne devait pas s'y arrêter la déposa au milieu de la rue et continua sa route. Prascovie pressentait qu'elle serait mal reçue; les maisons avaient une bonne apparence. Cependant, pressée par la fatigue la faim, elle s'approcha de la fenêtre basse auprès de laquelle une femme de quarante à cinquante ans triait des pois, et la priait de la recevoir chez elle. La villageoise après l'avoir examinée quelques instants d'un air de mépris la renvoya durement.

En descendant du chariot qui l'avait amenée, Prascovie était tombée dans la boue, et ses habits en étaient couverts. La cruelle nuit qu'elle venait de passer dans la forêt, ainsi que le manque de nourriture, avaient sans doute aussi altéré ses traits, et lui donnaient un aspect défavorable. La malheureuse fut rejetée de toutes les maisons où elle se présenta. Une méchante femme à la porte de laquelle, vaincue par la fatigue, elle s'était assise, et qu'elle conjurait de la recevoir, la força par des menaces de s'éloigner en lui disant qu'elle ne recevait chez elle ni les voleurs ni les coureuses. La jeune fille voyant une église devant elle, s'y achemina tristement. « Du moins, se « disait-elle, on ne m'en chassera pas. » La porte s'en trouva fermée; elle s'assit sur les marches qui y conduisaient. Des petits garçons qui l'avaient suivie, et qui s'étaient attroupés

autour d'elle lorsque la femme la maltraitait,
continuèrent à l'insulter et à la traiter de voleuse. Elle demeura près de deux heures dans
cette situation pénible, se mourant de froid et
d'inanition, priant Dieu de l'assister et de lui
donner la force de supporter cette épreuve.

Cependant une femme s'approcha pour l'interroger. Prascovie raconta l'affreuse nuit qu'elle
avait passé dans le bois ; d'autres paysans s'ar-
rêtèrent pour l'entendre. Le starost (1) du village examina son passe-port, et déclara qu'il
était en règle : alors la bonne femme attendrie lui offrit sa maison ; mais lorsque la voyageuse voulut se soulever, ses membres étaient
tellement engourdis qu'on fut obligé de la soutenir. Elle avait perdu un de ses souliers, elle
montra son pied nu et ses jambes enflées. Une
pitié générale succéda bientôt aux indignes
soupçons qui l'avaient fait maltraiter : on la
plaça sur un chariot, et les mêmes enfants qui
l'avaient insultée quelques moments aupara-

(1) Starost, de l'adjectif *staorie*, vieux ou ancien, est
en Russie ce que sont les maires en France, *schultz* ou
ballis en Allemagne.

vant s'empressèrent de la traîner, et la conduisirent ainsi chez la villageoise, qui la reçut
avec beaucoup d'amitié, et chez laquelle elle
passa plusieurs jours. Pendant ce temps de
repos un paysan charitable lui fit une paire de
bottines; enfin, lorsqu'elle eut recouvré sa
santé et ses forces, elle prit congé de la bonne
femme, et continua son voyage, qu'elle pour-
suivit jusqu'à l'hiver, s'arrêtant plus ou moins
dans différents villages, selon que la fatigue
l'y obligeait et d'après l'accueil qu'elle recevait des habitants. Elle tâchait, pendant le
séjour qu'elle y faisait, de se rendre utile en
balayant la maison, en lavant le linge ou en
cousant pour ses hôtes. Elle ne contait son
histoire que lorsqu'elle était déjà reçue et établie dans la maison. Elle avait remarqué que
lorsqu'elle voulait se faire connaître au premier abord, on ne le croyait pas et qu'on la
prenait pour une aventurière. En effet, les
hommes sont généralement disposés à se roidir
lorsqu'ils aperçoivent qu'on veut les gagner.
Il faut les toucher sans qu'ils s'en doutent, et
ils accordent plus volontiers leur pitié que

leur estime. Prascovie commençait donc par demander un peu de pain ; puis elle parlait de la fatigue dont elle était accablée, pour obtenir l'hospitalité ; enfin lorsqu'elle était établie chez ses hôtes , elle disait son nom et racontait son histoire. C'est ainsi que dans son pénible voyage, elle faisait peu à peu le cruel apprentissage du cœur humain.

Souvent des personnes qui l'avaient rejetée la voyant s'éloigner en pleurant, la rappelaient et la traitaient fort bien. Les mendiants, accoutumés aux refus, y paraissaient peu sensibles ; mais Prascovie , quoique placée par le sort dans une situation déplorable n'avait point encore été, avant son voyage, dans le cas d'implorer la pitié ; et malgré toute sa force d'âme et sa résignation , elle était navrée des refus, surtout lorsqu'ils provenaient de la mauvaise opinion que l'on prenait d'elle.

Le bon effet qu'avait produit dans la circonstance dont nous venons de parler l'exhibition de son passe-port, l'engagea dans la suite à le montrer lorsqu'elle désirait obtenir plus de faveur de ses hôtes : elle y était qualifiée de fille de capitaine ; ce qui lui fut utile en plusieurs occasions. Cependant elle avouait que le malheur d'être repoussée lui était arrivé rarement tandis que les traitements d'humanité et de bienveillance qu'elle avait éprouvés étaient innombrables : « On s'imagine, disait-elle dans la suite, que mon voyage a été bien désastreux, parce que je ne raconte que les peines et les embarras dans lesquels je me suis trouvée, que je ne dis rien des bons gîtes que j'ai rencontrés, et dont personne ne désire savoir l'histoire. »

Parmi les situations pénibles de son voyage, il en est une dans laquelle la jeune fille crut sa vie menacée, et qui mérite d'être connue pour sa singularité.

Elle marchait un soir le long des maisons d'un village, pour chercher un logement, lorsqu'un paysan qui venait de lui refuser très durement l'hospitalité la suivit et la rappela. C'était un homme âgé, de très mauvaise mine. Prascovie hésita si elle accepterait son offre, et se laissa cependant conduire chez lui, craignant de ne pas trouver un autre gîte. Elle ne

trouva dans l'isba qu'une femme âgée, et dont
l'aspect était encore plus sinistre que celui de
son conducteur. Ce dernier ferma soigneusement la porte et poussa les guichets des fe-
nêtres. En la recevant dans leur maison, ces
deux personnes lui firent peu d'accueil : elles
avaient un air si étrange que Prascovie éprouvait une certaine crainte, et se repentait de
s'être arrêtée chez elles. On la fit asseoir.
L'isba n'était éclairé que par des esquilles de
sapin enflammées plantées dans un trou de la
muraille, et qu'on remplaçait souvent lorsqu'elles étaient consumées. A la clarté lugubre
de cette flamme, lorsqu'elle se hasardait à le-
ver les yeux , elle voyait ceux de ses hôtes
fixés sur elle. Enfin, après quelques minutes
de silence : « D'où venez-vous? lui demanda
la vieille.

» — Je viens d'Ischim, et je vais à Pétersbourg.

» —Oh ! oh ! vous avez donc beaucoup
» d'argent pour entreprendre un si grand
» voyage.

» —Il ne me reste que quatre-vingts ko-

pecks en cuivre, répondit la voyageuse intimidée.

« — Tu mens ! s'écria la vieille ; oui , tu
» mens ! On ne se met pas en route pour
» aller si loin avec si peu d'argent ! » La
jeune fille avait beau protester que c'était là
tout son avoir, on ne la croyait pas. La femme
ricanait avec son mari. « De Tobolsk à Péters-
» bourg avec quatre-vingts kopecks, disait-
» elle ; c'est probable vraiment ! » La malheureuse fille, outragée et tremblante, retenait
ses larmes, et priait Dieu tout bas de la secourir. On lui donna cependant quelques pommes
de terre, et dès qu'elle les eut mangées, son
hôtesse lui conseilla de s'aller coucher. Prascovie qui commençait fortement à soupçonner ses
hôtes d'être des voleurs aurait volontiers donné
le reste de son argent pour être délivrée de
leurs mains. Elle se déshabilla en partie avant
de monter sur le poêle où elle devait passer
la nuit (1), laissant en bas, à leur portée ses

---

(1) Les poêles russes sont très grands, et les paysans
n'ayant point de lit dans ce pays, couchent tout habillés,
soit sur les bancs qui règnent dans toute l'enceinte de
leur cabane, soit sur le poêle , qui est la place la plus
spacieuse et en même temps la plus chaude.

poches et son sac, afin de leur donner la facilité de compter son argent et pour s'épargner la honte d'être fouillée.

Dès qu'ils la crurent endormie, ils commencèrent leurs recherches. Prascovie écoutait avec anxiété leur conversation. « Elle a encore de « l'argent sur elle, disaient-ils elle a sûrement « des assignations (1). J'ai vu, ajouta la vieille « un cordon passé à son cou, auquel pend un « petit sac ; c'est là où est l'argent. » C'était un petit sac de toile cirée, contenant son passeport qu'elle ne quittait jamais. Ils se mirent à parler plus bas, et les mots qu'elle entendait de temps en temps n'étaient pas faits pour la rassurer. « Personne ne l'a vue entrer chez « nous, disaient les misérables ; on ne se doute « pas même qu'elle soit dans le village. » Ils parlèrent encore plus bas. Après quelques instants de silence, et lorsque son imagination

(1) Les monnaies d'or et d'argent étant très rares en Russie, on ne se sert ordinairement que de la monnaie de cuivre ou kopecks dont cent font un rouble en papier d'assignations. Ces assignations sont des billets de 5, 10, 25, 50 et 100 roubles qui, avec les kopecks, sont les seuls signes monétaires d'un usage habituel.

lui poignait les plus grands malheurs, la jeune fille vit tout à coup paraître auprès d'elle la tête de l'horrible vieille qui grimpait sur le poêle. Tout son sang se glaça dans ses veines. Elle la conjura de lui laisser la vie, l'assurant de nouveau qu'elle n'avait point d'argent ; mais l'inexorable visiteuse, sans lui répondre se mit à chercher dans ses habits, dans ses bottines, qu'elle lui fit ôter. L'homme apporta de la lumière : on examina le sac du passe-port, on lui fit ouvrir les mains ; enfin le vieux couple, voyant ses recherches inutiles, descendit et laissa notre voyageuse plus morte que vive.

Cette scène effrayante, et plus encore la crainte de la voir se renouveler la tinrent long-temps éveillée. Cependant, lorsqu'elle reconnut à leur respiration bruyante que ses hôtes s'étaient endormis, elle, se tranquillisa peu à peu, et, la fatigue l'emportant sur la frayeur, elle s'endormit elle-même profondément. Il était grand jour lorsque la vieille la réveilla. Elle descendit du poêle, et fut étonné de lui trouver ainsi qu'à son mari, un air plus naturel et plus affable. Elle voulait partir ; ils la

retinrent pour lui donner à manger. La vieille
en fit aussitôt les préparatifs avec beaucoup
plus d'empressement que la veille. Elle prit la
fourche et retira du poêle le pot au stchi (1),
dont elle lui servit une bonne portion : pendant ce temps le mari soulevait une trappe du
plancher sous lequel était le sceau du kvas (2)
et lui en servit une pleine cruche. Un peu
rassurée par ce bon traitement, elle répondit
avec sincérité à leurs questions, et raconta une
partie de son histoire. Ils eurent l'air d'y prendre intérêt : et, voulant justifier leur conduite
précédente ils l'assurèrent qu'ils n'avaient voulu
savoir si elle avait de l'argent que parce qu'ils
l'avaient mal à propos soupçonnée d'être une
voleuse, mais qu'elle pourrait voir, en comptant sa petite somme, qu'ils étaient bien loin
eux-mêmes d'être des voleurs. Enfin Prascovie
prit congé d'eux ne sachant trop si elle leur
devait des remerciments, mais se trouvant
fort heureuse d'être hors de leur maison.

(1) Soupe russe faite avec des choux aigres et de la
viande salée.

(2, Petite bière avec de la farine de seigle.

Lorsqu'elle eut fait quelques verstes hors du village, elle eut la curiosité de compter son argent. Le lecteur sera sans doute aussi surpris qu'elle le fut elle-même en apprenant qu'au lieu de quatre-vingts kopecks qu'elle croyait avoir il s'en trouva cent vingt. Ses hôtes en avaient ajouté quarante.

Prascovie aimait à redire cette aventure, comme une preuve évidente de la protection de Dieu, qui avait changé tout à coup le cœur de ces malhonnêtes gens. Quelque temps après elle courut un danger d'une autre espèce et qui l'effraya beaucoup. Comme elle avait un jour une longue traite à faire, elle partit à deux heures du matin de la station où elle avait couché. Au moment de sortir du village, elle fut attaquée par une troupe de chiens qui l'entourèrent. Elle se mit à courir en se défendant avec son bâton, ce qui ne fit qu'augmenter leur rage. Un de ces animaux saisit le bas de sa robe et la déchira. Elle se jeta à terre en se recommandant à Dieu. Elle sentit même avec horreur un des plus obstinés appuyer son nez froid sur son cou pour la flairer. « Je

» pensais, disait-elle, que celui qui m'avait
» sauvée de l'orage et des voleurs me préser-
» verait aussi de ce nouveau danger. » Les
chiens ne lui firent au un mal ; un paysan
qui passait les dispersa.

La saison avançait ; Prascovie fut retenue
près de huit jours dans un village par la neige
qui était tombée en si grande abondance, que
les chemins étaient impraticables aux piétons.
Lorsqu'ils furent suffisamment battus par les
traineaux, elle se disposait courageusement à
continuer sa route à pied ; mais les paysans
chez lesquels elle avait logé l'en dissuadèrent
et lui en firent voir le danger. Cette manière
de voyager devient alors impossible aux hommes même les plus robustes, qui périraient
infailliblement égarés dans ces déserts glacés,
lorsque le vent chasse la neige et fait dispa-
raître les chemins.

Son bonheur amena dans ce village un convoi de traineaux qui conduisaient des provisions à Ékatherinembourg pour les fêtes de
Noël. Les conducteurs lui donnèrent une place
sur un de leurs traineaux. Cependant malgré

les soins que ces braves gens prenaient d'elle,
ses habits n'étant pas assortis à la saison, elle
avait bien de la peine à supporter la rigueur
de l'hiver, enveloppée dans une des nattes
destinées à couvrir les marchandises. Le froid
devint si violent pendant la quatrième journée, que, lorsque le convoi s'arrêta, la voyageuse transie, n'eut pas la force de descendre
du traîneau. On la transporta dans le kharstma (1), auberge isolée à plus de trente verstes
de toute habitation, et où se trouvait la station de la poste aux chevaux. Les paysans s'a-
perçurent qu'elle avait une joue gelée, et la
lui frottèrent avec de la neige, en prenant le
plus grand soin d'elle; mais ils refusèrent absolument de la conduire plus loin, et lui re-
présentèrent qu'elle courait le plus grand
danger en s'exposant à voyager sans pelisse par
un froid si vif, et qui ne manquerait pas
d'augmenter encore. La jeune fille se mit à

(1) Les *kharstma* sont de grands hangars couverts ou
s'arrêtent les voyageurs, comme dans les *caravansérails*
de l'Orient et les *ventas* d'Espagne : excepté le toit, on
y trouve que ce qu'on y apporte.

pleurer amérement, prévoyant qu'elle ne trou-
verait plus une occasion aussi favorable et
d'aussi bonnes gens pour la conduire. D'autre
part les maîtres du kharstma ne paraissaient
pas du tout disposés à la garder, et voulurent
à toute force qu'elle partît avec ceux qui l'avaient
amenée. Dans cette position embarrassante,
se voyant déçue de l'espoir qu'elle avait d'aller
jusqu'à Ékatherinembourg en sûreté, elle s'a-
bandonna dans un coin de sa chambre à toute
la vivacité de sa douleur.

Ses conducteurs furent touchés de sa situation ; ils se cotisèrent pour lui acheter une pelisse de mouton qui dans le pays ne coûte
que cinq roubles : malheureusement il ne s'en
trouva point à vendre : aucun des habitants
de cette ville isolée ne voulut faire le sacrifice
de la sienne, parce qu'il était difficile de la
remplacer. Les paysans offrirent jusqu'à sept
roubles à une fille de l'auberge, qui les refusa.
Dans cette perplexité, un des plus jeunes conducteurs proposa tout à coup un expédient des
plus singuliers, et qui permit à Prascovie de
profiter de leur bonne volonté. «Nous lui pré-

terons, dit-il, tour à tour nos pelisses, ou bien
elle prendra la mienne une fois pour toutes, et
nous changerons entre nous à chaque verste. »
Ils y consentirent tous avec plaisir. On fit aussitôt le calcul de la distance et du nombre
de fois que les pelisses devaient être changées.
Les paysans russes veulent savoir leur compte
et se laissent difficilement tromper. La voyageuse fut placée sur un traîneau, bien enveloppée dans sa pelisse. Le jeune homme qui
la lui avait cédée se couvrit avec la natte dont
elle s'était servie jusqu'alors, et, s'asseyant
sur ses pieds, se mit à chanter à tue-tête et
ouvrit la marche. L'échange des pelisses se fit
exactement à chaque poteau des verstes, et le
convoi parvint très heureusement et très vite à
Ékaterinembourg.

Pendant toute la route, Prascovie ne cessa de
prier Dieu pour que la santé de ses conducteurs
ne souffrît pas de leur bonne action.

En arrivant à Ékatherinembourg, Prascovie
logea dans la même auberge que ses conducteurs. L'hôtesse apprenant de ces derniers une
partie des aventures de la jeune fille, et in-

g·ant d'après leur récit, qu'elle était sans
argent, lui fit aussitôt l'énumération des personnes de la ville qui passaient pour être les
plus généreuses, et lui conseilla de s'adresser
à elles pour en obtenir leur protection, et les
secours nécessaires pour le long voyage qu'elle
avait à faire. Elle loua beaucoup entre autres une dame Milin du caractère le plus obli-
geant, qui faisait beaucoup de bien aux pauvres, et dont la bonté était connue de toute
la ville. Les gens de l'auberge confirmèrent
la vérité de ce portrait. Lors même que la
voyageuse n'aurait pas compris l'intention de
l'hôtesse, elle aurait été forcée de chercher un
autre gîte. L'auberge était ce qu'on appelle en
russe *postoïaleroï dvor* (maison de repos) (1).
Elles sont ordinairement formées d'un vaste
hangar pour les chevaux, qui n'a que le toit
pour couverture, et dans l'angle duquel est une
serre chaude qui en occupe la quatrième par-

(1) Le *postoïaleroï dvor* est la dénomination que pren-
nent les auberges dans les lieux habités, tandis qu'elles
s'appellent plus modestement *karstmo* lorsqu'elles sont
isolées sur les grandes routes.

tie. Les voyageurs s'arrangent comme ils peuvent dans cette pièce unique, dont le plancher sert de lit à ceux qui ne peuvent avoir de place sur le poêle. Le lendemain, Prascovie sortit d'assez bonne heure, dans l'intention de se rendre chez madame Milin ; mais, suivant son habitude, elle commença par aller à l'église, où se trouvait plus de monde qu'elle n'en avait jamais vu rassemblé. C'était un dimanche. La ferveur qu'elle mit à ses prières la fit autant remarquer que le sac et le costume qu'elle portait, et qui annonçait une étrangère voyageuse. Au sortir de l'église, une dame lui demanda qui elle était, Prascovie satisfit à sa demande en quelques mots, et, se disposant bientôt à la quitter, lui fit part de l'intention où elle était d'aller demander l'hospitalité à madame Milin, dont tout le monde lui avait appris la bienfaisance et l'humanité. Elle parlait à madame Milin elle-même, qui entendait ainsi son éloge d'une manière qui ne pouvait lui être suspecte de flatterie. Cette bonne dame, avant de se faire connaître à la voyageuse, voulut s'amuser un

instant de son embarras. « Cette dame Milin,
» dit-elle, qu'on vous vante tant, n'est pas
» aussi bienfaisante que vous l'imaginez. Si
» vous voulez m'en croire et venir avec moi,
» je vous procurerai un bien meilleur gîte. »

D'après tout le bien qu'on lui avait dit de
madame Milin à l'auberge, Prascovie prit une
mauvaise idée de sa nouvelle connaissance :
elle la suivit sans oser refuser et sans accepter
la proposition. « Au reste, lui dit madame Mi-
» lin, voyant qu'elle ralentissait le pas, si vous
» tenez si fort à vous rendre chez cette dame,
» voici sa maison à deux pas d'ici : entrons
» chez elle, vous verrez comment vous y serez
» reçue ; mais promettez-moi que si l'on ne
» vous y retient pas vous viendrez avec moi. »
Prascovie, sans répondre entra dans la maison, et s'adressant aux femmes de madame Milin, leur demanda si leur maîtresse était chez
elle. Les femmes, étonnées de cette question
faite en présence de leur maîtresse elle-même,
ne répondirent rien. « Puis-je voir madame
» Milin ? répéta la voyageuse. — Mais, dit en-
» fin une des femmes, la voilà ! » Prascovie,

en se retournant, vit madame Milin qui ouvrait les bras pour la recevoir. « Oh ! je savais bien que madame Milin ne pouvait pas être une méchante femme, » dit la jeune fille en lui baisant les mains. Cette petite scène fit le plus grand plaisir à sa bienfaitrice.

Elle envoya chercher son amie, Madame G***, aussi bonne et aussi charitable qu'elle, pour lui recommander la jeune voyageuse, et pour aviser ensemble aux moyens de lui être utile. Après le déjeuner, et lorsque Prascovie se fut un peu familiarisée avec ses nouvelles protectrices, elle leur raconta dans le plus grand détail l'histoire malheureuse de ses parents, et ne leur cacha pas le projet extraordinaire qu'elle avait formé d'aller à Saint-Pétersbourg demander la grâce de son père.

Madame Milin, sans trop croire au succès de son entreprise, ne l'en détourna pas ; mais les deux dames résolurent de la retenir jusqu'au printemps. Le froid était devenu excessif. La voyageuse elle-même voyait l'impossibilité de continuer sa route pendant la rigueur de la saison ; et les dames, qui vou-

laient la garder, ne lui parlèrent point encore
de ce qu'elles avaient le pouvoir de faire, et
de ce qu'elles firent en effet plus tard, pour
l'aider dans son entreprise.

Prascovie se trouvait bien heureuse chez
elles. Les caresses et la noble familiarité de
ces personnes distinguées avaient un charme
tout nouveau pour elle ; aussi le souvenir du
temps fortuné qu'elle passa dans leur société
ne sortait point de sa pensée. Lorsque dans
la suite elle racontait cette partie de son histoire, le nom chéri de madame Milin amenait
toujours dans ses yeux des larmes de reconnaissance.

Cependant sa santé se trouvait fort ébranlée :
la nuit désastreuse qu'elle avait passée dans
la forêt lui avait laissé un rhume violent que
les grands froids n'avaient fait qu'augmenter.
Elle profita de son séjour à Ékatherinembourg
pour se soigner, et surtout pour apprendre à
lire et à écrire. Cette circonstance de sa vie
donnerait une bien mauvaise idée de ses parents, pour avoir négligé jusqu'à ce point l'é-
ducation de leur unique enfant, si la pensé

d'un exil éternel ne leur avait peut-être fait
envisager comme inutile, ou même dange-
reuse, toute instruction pour leur fille, destinée en apparence à vivre dans les dernières
classes de la société. Cette profonde ignorance,
et l'abandon total dans lequel elle avait vécu
jusqu'alors, rendent plus extraordinaire encore l'essor généreux de son âme. Quoiqu'il
en soit, Prascovie, occupée en Sibérie des travaux domestiques, avait absolument oublié le
peu de lecture qu'elle avait apprise dans sa
première enfance. Elle se mit à l'étude avec
toute l'ardeur et la force de son caractère, et
fut en quelques mois en état de comprendre
un livre de prières que lui avaient donné ses
protectrices : l'on était souvent obligé de l'arracher à cette occupation. Le plaisir qu'elle
éprouvait, en trouvant dans ces prières les
sentiments naturels de son cœur développés
et exprimés d'une manière si claire et si tou-
chante lui faisait désirer vivement l'instruction. « Combien les gens du monde sont heu-
» reux ! disait-elle ; comme ils doivent prier
» Dieu de bon cœur, étant si bien instruits de

» leur religion, avec tant de moyens d'expri-
» mer leur dévotion, et tant de sujets de re-
» connaissance envers la Providence pour les
» faveurs dont elle les a comblés ! »

Madame Milin souriait à ces réflexions de
la jeune fille ; mais elle pensait que rien ne
devait être impossible à une piété si vraie, à
des prières si ardentes. Cette pensée persuada
plus que tout autre chose les deux charitables dames qu'il fallait la favoriser dans ses
projets, et l'abandonner à la Providence, qui
semblait la protéger si visiblement. Madame
Milin et son amie n'avaient rien négligé jusqu'alors pour la dissuader, et lui avaient fait
les offres les plus obligeantes, les plus avan-
tageuses pour la retenir auprès d'elles ; mais
rien n'avait pu l'ébranler. Elle se reprochait
même le bien-être et le bonheur dont elle
jouissait à Ekatherinembourg. « Que fait mon
» père maintenant, tout seul dans le désert,
» tandis que sa fille s'oublie ici au milieu de
» toutes les douceurs de la vie ? » Telle était
la question que ne cessait de s'adresser Prascovie. Ces dames se décidèrent donc à lui don-

ner les moyens de continuer sa route. Au retour du printemps, Madame Milin après avoir
pourvu à tout ce dont elle pouvait avoir besoin, arrêta pour elle une place sur un bateau
de transport ; elle la mit sous la garde d'un
homme qui se rendait à Nijeni pour des affaires de commerce, et qui était habitué à ce
voyage difficile.

Avant de passer par les monts Ourals, qui sé-
parent Ekatherinembourg de Nijeni, on s'embarque sur les rivières qui sortent de ces mêmes montagnes qui se portent vers le nord.
On voyage par eau jusque dans le Tobol, que
l'on quitte ensuite pour s'approcher des montagnes.

Le passage n'est ni bien haut ni très difficile. Lorsqu'on l'a franchi, l'on s'embarque
de nouveau sur les eaux qui descendent dans
le Volga. Prascovie, n'ayant pas les moyens de
se procurer une voiture et de voyager en poste
profita d'une des nombreuses embarcations
qui portent en Russie le fer et le sel par la
'chousova et la Khama.

Son conducteur lui épargna tous les em-

barras de ce long voyage, qu'elle n'aurait pu
faire seule sans courir de grands dangers;
mais son malheur voulut que cet homme tom-
bât malade en traversant les défilés, et fût
contraint de s'arrêter dans un petit village sur
les bords de la Khama; elle fut donc encore
livrée à elle-même et privée de tout appui.
Elle fit heureusement le trajet jusqu'à l'em-
bouchure de la Khama dans le Volga. Depuis
ce lieu le bateau remontant le fleuve, était
tiré par des chevaux. La voyageuse éprouva
dans ce dernier trajet un accident qui lui fit
courir les plus grands dangers. Pendant un
de ces violents orages qui sont très fréquents
dans ces contrées, les bateliers, voulant éloigner la barque du rivage, poussèrent avec
force une grande rame, qui servait de gouver-
nail, du côté où plusieurs personnes étaient
assises sur le bord du bateau, et n'eurent
plus le temps de la retirer : trois passagers,
au nombre desquels était Prascovie, furent ren-
versés dans le fleuve. On les retira aussitôt, et
la jeune fille ne fut point blessée; mais la
honte qu'elle éprouvait de changer de vête-

ments devant tout le monde fit qu'elle les laissa
sécher sur elle : un violent rhume fut la suite
de cet accident, qui eut une influence malheureuse sur sa santé

Les dames d'Ekatherinembourg, qui avaient
chargé son conducteur de faire les arrange-
ments nécessaires pour la continuation de son
voyage depuis Nijeni, ne l'avaient recomman-
dée à personne dans cette ville, où Prascovie
n'avait pas l'intention de s'arrêter : elle se
trouva donc, à son arrivée, sans connaissances
et sans protection. Les bateliers la déposèrent
sur les bords du fleuve avec son petit équipa-
ge, qui était devenu plus volumineux par les
soins de madame Milin.

En face du pont où l'on débarque ordinairement sur le rivage du Volga, se trouvent
une église et un couvent de religieuses situés
sur une éminence. Elle s'y achemina pour
faire ses prières accoutumées, se proposant
d'aller ensuite chercher un gîte quelque part
dans la ville.

En entrant dans l'église, qui lui parut déserte, elle entendit, au travers de la grille ,

les chants des religieuses qui achevaient leurs
prières du soir, et regarda cette circonstance
comme de bonne augure. « Un jour, se disait-
» elle, si Dieu favorise mes vœux, je serai de
» même cachée sous le voile, n'ayant plus d'au-
» tre occupation que celle de remercier la Pro"
» vi nce de ses faveurs. »

Lorsqu'elle sortit de l'église, le soleil se cou-
chait : elle s'arrêta quelque temps sous la
porte, frappée de la belle vue qui se présentait à ses regards. La ville de Nijeni Novogorod, située au confluent de deux grands
fleuves, l'Oca et le Volga, offre du point où
elle se trouvait, un des plus beaux sites que
l'on puisse contempler : son étendue lui paraissait immense et lui inspirait une espèce de
crainte.

En partant d'Ischim, Prascovie ne s'était
représenté que les dangers physiques qu'elle
pouvait courir : elle était préparée d'avance à
braver la faim et les froids les plus rigoureux
la mort elle-même ; mais depuis que la société
commençait à lui être connue, elle entrevoyait
des obstacles d'un autre genre contre les

quels tout son courage ne pouvait la soutenir.
Après avoir échappé au désert, elle pressentait cette affreuse solitude des grandes villes,
où le pauvre est seul au milieu de la foule, et
où, comme par un horrible enchantement,
il ne voit autour de lui que des yeux qui ne
regardent pas et des oreilles sourdes à ses
plaintes.

Depuis qu'elle avait connu les dames d'Ekatherinembourg, un nouveau sentiment des
bienséances et un peu d'orgueil peut-être,
lui rendaient plus pénibles les démarches aux-
quelles l'obligeait sa situation. « Hélas ! disait-
» elle, où trouverai-je des amies comme celles
» que j'ai quittées? Me voilà maintenant à
» plus de mille verstes d'elles. Que devien-
» drai-je en arrivant à Pétersbourg, lorsque
» j'approcherai du palais impérial, moi qui
» tremble de me présenter ici dans une misé-
» rable auberge?»

Ces réflexions s'offrirent avec tant de force
à son esprit, que pour la première fois, un
profond découragement s'empara d'elle et lui

arracha des larmes. Le souvenir de son père
qu'elle avait abandonné peut-être inutilement,
la remplit de regret et de terreur. Mais bientôt elle se reprocha sa faiblesse et son manque
de confiance en Dieu ; elle demanda pardon
à son ange gardien. « Et ce fut lui, sans doute,
» disait-elle en parlant des circonstances de sa
» vie, qui m'inspira la pensée de rentrer dans
» l'église pour demander à Dieu le courage
» que j'avais perdu. »

En effet, elle rentra précipitamment pour
implorer le secours du ciel. Une religieuse se
trouvait dans ce moment près de la porte pour
la fermer : frappée du mouvement subit de la
jeune étrangère, qui ne l'aperçut pas, ainsi
que de la ferveur qu'elle mettait à sa prières,
elle l'aborda pour l'interroger et l'avertir qu'il
était l'heure de fermer l'église. Prascovie, un
peu déconcertée, lui raconta naïvement la
cause de sa brusque rentrée dans le temple,
lui fit part de la répugnance qu'elle avait
d'aller chercher un asile dans une auberge, et
finit par la supplier de lui en accorder un
dans le couvent ne fût-ce que dans les cloi-

tres. La portière lui répondit qu'on ne logeait pas les étrangers dans le couvent, mais que madame l'abbesse pourrait lui donner quelques secours. « Je n'en demande pas d'autre
» qu'un asile pour cette nuit, répliqua Pras-
» covie en montrant une bourse qui contenait
» quelque argent. Des dames charitables m'ont
» donné les moyens de me passer d'aumônes
» pour quelque temps, et je ne demande que
» la protection du couvent pour cette nuit.
» Demain je continuerai ma route. »

La religieuse consentit à la conduire chez l'abbesse. La respectable supérieure était en prières lorsqu'elles entrèrent dans sa chambre; la portière s'arrêta près de la porte, et se mit à genoux; Prascovie l'imita, et pria Dieu de lui rendre l'abbesse favorable. Lorsque celle-ci eut fini son oraison, elle s'approcha de la jeune fille, qui restait à genoux, et la releva avec bonté. Prascovie lui dit son nom et le but de son voyage; elle montra son passe-port et demanda l'hospitalité pour la nuit ce qui lui fut accordé. Bientôt entourée de plusieurs religieuses amenées par la

curiosité dans l'appartement de l'abbesse, elle
répondit aux interrogations multipliées qui
lui furent faites et raconta les aventures pénibles de son voyage avec tant de simplicité et
une éloquence si naturelle, qu'elle fit répan-
dre des larmes aux dames qui l'écoutaient et
leur inspira le plus vif intérêt. On la combla
de caresses et de soins ; l'abbesse la logea dans
son propre appartement, et forma dès lors le
projet de la retenir au couvent et de la compter au nombre de ses novices.

Prascovie s'était proposé depuis longtemps
de prendre le voile si son entreprise réussissait. On a vu précédemment que, jusqu'à son
arrivée à Ekatherinembourg, elle avait cru
que la ville de Kiew était sur le chemin de Pétersbourg. C'était dans cette ville qu'elle s'était
promis de faire ses vœux dans la suite ; elle
espérait voir en passant les fameuses catacombes, honorer les reliques des saints qu'elles
renferment (1), et s'arrêter une place pour l'a-

_____

(1) Les catacombes de Kiew sont de vastes galeries
souterraines, attenantes à la cathédrale, desservies par
les religieux d'un ancien et riche couvent. On conserve

venir dans une des maisons religieuses de c-te
ville.

Ayant reconnu son erreur, elle ne fit aucune difficulté de choisir le couvent de Nijeni
pour sa dernière retraite ; mais elle le promit
seulement à la supérieure, et comme on la
pressait d'en faire le vœu formel. elle refusa.
« Sais-je moi-même, répondit-elle, ce que
» Dieu exige de moi ? Je veux, je désire sin-
» cèrement finir ici mes jours ; et si telle est
» la volonté de la Providence, qui pourra s'y
» opposer ? »

Elle consentit à demeurer quelques jours à
Nijeni pour se reposer et pour chercher les
moyens de se rendre à Moscou ; mais bientôt
elle se ressentit de ses fatigues, et tomba dan-
gereusement malade. Depuis sa chute dans le
Volga elle avait une toux profonde qui l'in-

dans ces souterrains une immense quantité de saints
grecs, dont les corps intacts, exposés à la vénération des
fidèles, sont recouverts de riches habits qui laissent
voir les visages, les mains et les pieds. Les chairs des-
séchées ont à peu près la couleur et la solidité du bois
d'acajou.

commodait beaucoup. Une fièvre ardente ne
tarda pas à se déclarer ; cependant, quoique les
médecins eux-mêmes désespérassent de sa vie,
elle n'eut jamais aucune inquiétude. « Je ne
» crois point, disait-elle, que mon heure soit
» encore venue, et j'espère que Dieu me per-
» mettra d'achever mon entreprise. » Elle se
remit en effet, quoique très lentement, et passa
le reste de la belle saison au couvent. Dans
l'état de faiblesse où elle était encore, elle ne
pouvait continuer son voyage à pied, moins
encore sur des chariots de poste : n'ayant aucun moyen de se procurer une voiture com-
mode, elle se vit donc obligée d'attendre le
traînage (1) pour avoir la possibilité de se
rendre à Pétersbourg sans éprouver la fatigue
des voitures ordinaires. Elle suivit pendant ce
temps les offices et la règle du couvent avec
une assiduité qui retarda peut-être son réta
blissement, et elle se perfectionna dans ses
études. Cette conduite acheva de lui gagner

(1) On appelle ainsi l'époque où les chemins commèn-
cent à être praticables par les traîneaux.

l'estime de l'abbesse et des religieuses, qui prirent pour elle la plus véritable affection, et ne doutèrent point qu'elle n'accomplît un jour sa promesse de revenir prendre le voile dans leur couvent.

Enfin, lorsque les chemins d'hiver furent établis, elle partit pour Moscou, en traîneau couvert, avec des voyageurs qui faisaient la même route. L'abbesse n'ayant pu lui faire abandonner son entreprise, lui donna une lettre de recommandation pour une de ses amies mademoiselle de S...., à Moscou, et l'assura qu'elle pourrait toujours regarder sa maison comme un refuge certain, dans lequel elle serait reçue en fille chérie, quel que fût le succès de son voyage.

Prascovie arriva dans cette dernière ville sans embarras et sans accidents. Mademoiselle de S...., eut pour elle beaucoup d'égards et de soins et la retint quelques jours pour lui chercher un compagnon de voyage jusqu'à Pétersbourg.

Elle partit avec un marchand qui voyageait avec ses propres chevaux, et qui demeura vingt jours en chemin. Outre les lettres de recommandation qui lui avaient été remise par les dames d'Ekatherinembourg, elle en reçut une de mademoiselle de S... pour madame la princesse de T...., personne respectable et très âgée. Telles étaient ses ressources lorsqu'elle arriva dans la capitale, vers le milieu de février, environ dix-huit mois après son départ de Sibérie, avec autant de courage et d'espoir qu'elle en avait le premier jour de son voyage.

Elle logea chez son conducteur, sur le canal d'Ekatherinski, et quelque temps fut comme perdue dans cette grande ville, avant de savoir ce qu'elle devait entreprendre, et comment remettre ses lettres de recommandation, ce qui lui fit perdre un temps précieux.

Le marchand, occupé de son commerce, ne songeait guère à elle; il s'était cependant chargé de trouver la demeure de la princesse de T....; mais avant d'avoir accompli sa promesse il fut obligé de partir pour Riga, laissant Prascovie sous la garde de sa femme, qu

la traitait fort bien, sans pour cela lui être
d'aucun secours pour ses projets.

La lettre de Madame de G... était adressée
à une personne qui logeait de l'autre côté de
la Néva. Comme l'adresse en était bien dé-
taillée, Prascovie, quelques jours après le départ du marchand, se mit en chemin avec son
hôtesse pour Wasili-Ostrow (1). Mais la Néva
était ébranlée, la débâcle des glaces approchait,
et la police ne permettait plus le passage.
Elle revint donc au logis, désolée de ce contre-
temps. Dans l'embarras où elle se trouvait,
un des habitués de la maison du marchand
lui conseilla, très mal à propos, de donner une supplique au sénat pour obtenir la révision du procès de son père, et s'offrit de
trouver un écrivain pour la rédiger. Le succès
de celle qu'elle avait adressée au gouverneur
de Tobolsk la décida. On lui fit écrire une
supplique très mal conçue et n'ayant pas la
forme requise, sans lui donner la moindre no-

(1) L'île de Bazile située quartier de la rive droite
de la Néva.

tion sur la manière dont elle devait être présentée. Ce projet ne lui permit pas de remettre avec l'activité nécessaire ses lettres de recommandation, qui auraient pu lui être bien plus utiles.

Munie de sa supplique, notre intéressante solliciteuse se rendit un matin au sénat, monta le grand escalier, et pénétra jusque dans une des chancelleries ; mais elle se trouva fort embarrassée parmi tant de monde, ne sachant à qui s'adresser. Les secrétaires, dont elle s'approchait avec sa supplique, lui jetaient un coup d'œil, et se remettaient froidement à écrire ; d'autres personnes qui la rencontraient dans la chambre au lieu de l'écouter ou de recevoir sa supplique, se détournaient d'elle, comme on ferait d'un meuble ou d'une colonne qui barre le chemin. Enfin un des invalides, garde de la chancellerie, qui traversait rapidement la salle, l'ayant rencontrée, se détourna sur la droite pour passer, tandis que Prascovie en faisait autant du même côté pour lui faire place, de manière qu'ils se heurtèrent rudement. Le vieux garde, de

mauvaise humeur, lui demanda ce qu'elle
voulait. La jeune fille lui présenta sa supplique en le priant de la donner au sénat. Cet
homme, la croyant une mendiante, pour toute
réponse la prit par le bras et la mit à la porte.
Elle n'osa plus rentrer et demeura le reste de
la matinée sur l'escalier dans l'intention de
présenter sa supplique au premier sénateur
qu'elle rencontrerait. Elle vit plusieurs personnes descendre de voiture et monter l'escalier, ayant des étoiles sur la poitrine : elles
avaient toutes une épée, des bottes et un uniforme ; quelques-uns avaient des épaulettes.
Elle pensa que c'étaient des officiers et des gé-
néraux, attendant toujours de voir arriver un
sénateur, qui, d'après l'idée qu'elle s'en était
formée, devait avoir quelque chose de particulier qui le ferait reconnaître, et n'offrit sa
supplique a personne. Enfin, vers trois heures
après midi tout le monde s'écoula ; et Prascovie, se voyant seule se retira la dernière,
fort étonnée d'avoir vu tant de monde au sénat s'en rencontrer un sénateur. A son retour
elle fit part de son observation à la marchande

qui eut beauconp de peine à lui faire comprendre qu'un sénateur était fait comme un autre homme, et que ceux qu'elle avait vus étaient précisément les sénateurs auquels elle aurait dû remettre sa supplique.

Le lendemain, à l'heure de la rentrée du sénat, elle se trouva sur l'escalier et présenta son écrit à tous les arrivants pour ne pas manquer les sénateurs sur la nature desquels il lui restait encore quelques doutes ; mais personne ne voulut la recevoir. Elle vit enfin arriver un gros monsieur avec un cordon rouge, un uniforme rouge, une étoile de chaque côté de la poitrine et l'épée au côté. « Pour cette fois » se dit à elle-même la solliciteuse, c'est un » sénateur ou il n'y en a point dans le mon- » de ! » Elle s'approcha de lui et lui présenta son papier, en le suppliant de vouloir bien lui donner cours : comme elle barrait le chemin un laquais du sénateur l'écarta doucement du passage de son maître croyant qu'elle demandait l'aumône, lui dit : « Dieu vous bénisse ! » et monta l'escalier.

Prascovie retourna pendant plus de quinze

jours au sénat sans obtenir plus de succès.
Souvent fatiguée de rester debout dans un escalier froid et humide, elle s'accroupissait sur
une des marches pour réchauffer ses pieds glacés, cherchant dans la physionomie des passants et des employés quelques signes de com-
passion et de bienveillance, qu'elle y aurait
certainement trouvés s'ils avaient connu sa
situation.

Telle est la constitution de la société dans
les grandes villes ; la misère et l'opulence, le
bonheur et l'infortune se croisent sans cesse,
et se rencontrent sans se voir ; ce sont deux
mondes séparés qui n'ont aucune analogie,
mais entre lesquels un petit nombre d'âmes com-
patissantes, marquées par la Providence établis-
sent des points rares de communication.

Un jour, cependant, un des employés, qui
l'avait sans doute remarquée précédemment,
s'arrêta près d'elle, prit la supplique, et sortit de sa poche un paquet de papiers. La malheureuse conçut un instant d'espoir ; mais le
paquet était une somme d'assignations, parmi
lesquelles il en prit une de cinq roubles, la

mit dans la supplique et rendant le tout à la sup
pliante, rentra dans l'appartement et disparut.
Pras ovie, toute déconcertée serra l'assignation.
« Je suis sûre, disait-elle un jour à son hôtesse,
» que si un frère de madame Milin se fut trouvé
» parmi les sénateurs, il aurait pris ma sup-
» plique sans me connaître. »

Les fêtes de Pâques, pendant lesquelles le
sénat ne s'assemble pas, lui donnèrent quelque repos : elle en profita pour faire ses
dévotions. En se livrant à ce pieux exercice, elle
renouvela ses prières pour le succès de son
entreprise ; et telle était la sincérité de sa foi,
qu'après sa communion elle revint persuadée
qu'on prendrait sa supplique au sénat la première fois qu'elle s'y présenterait ; ce qu'elle
n'hésita pas d'annoncer à la marchande
comme une chose certaine. Cette dernière était
bien loin de partager son espérance, et lui
conseillait d'abandonner cette voie : cependant
comme le jour de la rentrée du sénat elle
avait des affaires au quai Anglais, voyant Prascovie s'acheminer à pied, elle lui offrit de

la conduire en droschky (1). « Je ne sais, lui
» disait-elle en chemin, comment vous n'êtes
» pas découragée de tant de démarches inu-
» tiles ! A votre place je laisserais là le sénat
» et les sénateurs, qui ne feront jamais rien
» pour vous ; c'est tout comme, ajouta-t-elle
» en lui montrant la statue de Pierre-le Grand
» qui se trouvait près d'elle, c'est tout comme
» si vous offriez votre supplique à cette statue
» que voilà ; vous n'en obtiendrez rien plus.
» — J'espère, répondit Prascovie, que ma
» foi me sauvera. Aujourd'hui je ferai ma der-
» nière démarche au sénat, et l'on prendra
» sûrement ma supplique : Dieu est tout-
» puissant ; oui, ajouta-t-elle en descendant du
» droschky, Dieu est tout puissant, et peut,
» si telle est sa volonté, forcer cet homme de
» fer à se baisser et à prendre ma supplique.»
La marchande, à ces mots, fit un grand éclat
de rire, et Prascovie, revenue de son enthousiasme, en rit elle-même ; cependant elle n'a-
vait exprimé que sa pensée.

(1) Petite voiture basse sur qua're roues ; elle rem-
place l'usage du cabriolet chez nous.

Tandis qu'elle examinait la statue, sa compagne lui fit observer que le pont de la Néva, qui était tout près était replacé ; des voitures sans nombre se rendaient à Wassili-Ostrow et en revenaient. « Avez-vous la lettre de
» recommandation pour madame L... ? lui de-
» manda-t-elle : je ne suis pas pressée, et je
» puis vous conduire à sa porte. » Il était de bonne heure encore, et Prascovie y consentit. Elles passèrent le pont : le fleuve, qui n'était quinze jours auparavant qu'une plaine de glaçons mouvants, dégagé maintenant de toutes ses neiges et couvert de vaisseaux et d'embarcations de toutes espèces, la surprit agréablement. Tout était en mouvement autour d'elle ; le temps était superbe ; elle sentait redoubler son courage, augurant bien de la visite qu'elle allait faire. « Il me semble, dit-elle en
» embrassant sa conductrice, que Dieu est avec
» moi et qu'il ne m'abandonnera pas. »

Elle trouva madame de L...., déjà prévenue de son arrivée, par une lettre d'Ekatherinembourg, et reçut d'obligeants reproches lorsqu'on apprit qu'elle était depuis si longtemps à Pétersbourg. La réception affectueuse et cordiale qu'elle éprouvait lui rappela vivement la maison et la société de madame Milin. Lorsque la connaissance fut faite et la familiarité bien établie, Prascovie développa le plan qu'elle avait formé pour obtenir la délivrance de son père et conta les démarches infructueuses qu'elle avait déjà faites au sénat. M. de L.... examina sa supplique, et trouva qu'elle n'était pas dressée dans les formes.

» Personne mieux que moi, lui dit-il, n'aurait pu vous aider dans cette affaire ; un de mes proches parents occupe un emploi d'assez grande importance au sénat ; mais je vous avouerai, comme je le ferais à une ancienne connaissance et à une amie, que nous sommes brouillés depuis quelque temps. Cependant l'occasion est trop belle, et la brouillerie de trop peu d'importance, pour que j'hésite à faire les premiers pas ; nous voilà d'ailleurs au temps de Pâques, et je serais charmé que vous soyez la cause de notre réconciliation. »

On garda la jeune fille à dîner ; plusieurs

convives arrivèrent peu à peu, et lui témoignè
rent le plus vif intérèt. Au moment où l'on allait se mettre à table, le parent dont on a
parlé se présenta tout à coup dans la salle à
manger, en disant « *Christos voscres,* » suivan
l'usage au temps de Pâques (1). Il n'y eut
point d'autre explication que les embrassements les plus sincères. M. de L..., profitant
de la bonne disposition de son parent, lui
présenta la jeune Sibérienne. On s'entretint de
son affaire pendant le dîner, et tout le monde
convint qu'en lui conseillant de s'adresser au
sénat on lui avait indiqué une mauvaise voie.
La révision du procès de son père, en suivant
toutes les formes de la justice, aurait pu du-
rer bien longtemps; on pensait qu'il serait
beaucoup plus avantageux de s'adresser direc-
tement à la bonté de l'empereur et l'on promit
d'en chercher les moyens avec le temps. Enfin

(1) Il est d'usage en Russie d'embrasser ses amis et
ses connaissances la première fois qu'on les rencontre
dans la semaine de Pâques: le plus empressé dit en
embrassant : *Christos voscres* (le Christ est ressuscité) :
l'autre répond *Voistino voscres* (en vérité, il est ressuscité.)

tous les convives l'avertirent de no plus s'exposer aux aventures du sénat, dont le récit avait fort amusé la société. Vers le soir, madame de L.... la fit reconduire chez le marchand par son domestique.

En revenant chez son hôte, Prascovie admirait comment la Providence l'avait conduite chez M. de L..., au moment de la réconciliation des deux parents et comme pour les lui rendre favorable ; et lorsqu'elle passa devant le sénat, elle se rappela la prière qu'elle avait faite à Dieu de ne plus y retourner qu'une fois. « Sa bonté pensait-elle, a fait plus que
» je ne lui avais demandé : car je ne serai
» plus obligée d'y retourner ; et cet homme de
» fer aussi m'a rendu service, par la grâce de
» Dieu, dit-elle en regardant la statue de Pierre-
» le-Grand ; sans lui je n'aurais peut-être pas
» vu que le pont était rétabli ; je n'aurais
» pas fait la connaissance de ces bons amis
» qui m'ont promis leur secours, et par la
» protection desquels j'espère obtenir la liberté
» de mon père. »

Telles étaient les réflexions de Prascovie,

dont la foi la plus vive dirigeait et soutenait toutes les démarches. Cependant, malgré tou l'intérêt que prenaient à elle ses amis de Was sili-Ostrow, son bonheur devait avoir un autre source.

L'hôte de Prascovie, revenu depuis quelque jours de Riga, avait été surpris de la trouver encore chez lui, et s'était mis aux enquêtes pour trouver la maison de la princesse de T..., pour laquelle la jeune fille avait une lettre de recommandation ; cette dame, prévenue aussi de l'arrivée prochaine de la jeune voyageuse, l'attendait chez elle. Le marchand la vit et reçut l'ordre d'amener Prascovie. Celle-ci quitta la maison qu'elle avait habitée pendant deux mois, et surtout sa bonne hôtesse, avec beaucoup de regrets; mais la protection d'une grande dame favorisait tellement ses espérances, que ce puissant intérêt l'emporta bientôt sur sa tristesse.

Lorsqu'elle arriva chez la princesse avec son conducteur, le portier lui ouvrit la porte. Prascovie, le voyant tout galonné, crut que s'était encore un sénateur qui sortait de la

maison et lui fit la révérence : «C'est le por-
• tier de la princesse, • lui dit à voix basse
le marchand. Arrivée au haut de l'escalier,
le portier donna deux coups de sonnette dort
elle ne comprit pas bien la raison ; mais comme
elle avait vu quelquefois des sonnettes à la
porte des boutiques, elle pensa que c'était une
précaution contre les voleurs. En entrant dans
le salon elle fut intimidée par l'air de cérémonie et par le silence qui y régnaient : jamais elle n'avait vu d'appartement si orné, et
surtout si bien éclairé. La société était nombreuse et disposée en groupes : les jeunes
gens jouaient autour d'une table dans un coin
de la chambre, et tous les regards étaient fixés
sur elle. La vieille princesse était à une partie
de boston avec trois autres personnes ; dè.
qu'elle aperçut la jeune fille, elle lui ordonna
de s'approcher. • Bonjour, mon enfant,
lui dit-elle. Avez-vous une lettre pour moi? .,
Malheureusement Prascovie avait oublié de la
préparer, et fut obligée de tirer un petit sac
de son sein et d'en sortir péniblement la lettre. Les jeunes personnes présentes chucho-

taient et riaient tout bas. La princesse prit
la lettre et la lut avec attention. Pendant ce
temps, un des partners qui avait arrangé son
jeu et que cette visite ennuyait fort, jouait
impatiemment des doigts sur la table en regardant la nouvelle arrivée qui venait troubler
son plaisir, et qui crut reconnaître en lui le
gros monsieur qui avait refusé sa supplique au
sénat. Lorsqu'il vit la princesse replier sa lettre
il dit d'une voix formidable: « Boston ! » Prascovie, déjà déconcertée, voyant qu'il la regardait fixement crut qu'il lui adressait la pa
role et répondit : « Que vous plaît-il, monsieur? » ce qui fit rire tout le monde. La
princesse lui dit qu'elle était charmée de
connaître sa bonne conduite et son amour pour
ses parents : elle promit de lui être utile ; et
après avoir dit quelques mots en français à une
dame de sa maison, elle la congédia d'un signe
de tête.

Pendant les premiers jours qu'elle passa
chez sa nouvelle protectrice, Prascovie se
trouva fort isolée et fort embarrassée ; elle
aurait préféré être retenue chez ses amis de

Wassili-Ostrow, ou même chez le marchand.
Cependant, après quelques jours, elle fut tout
à son aise dans la maison, et fit connaissance
avec les personnes qui l'habitaient. Les domestiques étaient aussi obligeants que leur
maîtresse était bonne et généreuse. Elle man-
geait à la table de la princesse, que son grand
âge et ses infirmités empêchaient souvent de
paraître, et n'avait jamais l'occasion de lui parler en particulier. Bientôt les personnes de
la société s'accoutumèrent à sa présence et ne
s'occupèrent plus d'elle. La jeune étrangère
avait souvent fait parler à la princesse du but
de son voyage et de ses espérances; mais soit
que cette dame en regardât le succès comme
impossible, soit que les personnes qui s'étaient
chargées de la protéger l'eussent négligée, ses
prières n'eurent aucun résultat, et toutes ses
espérances étaient uniquement fondées sur la
protection de ses amis de Wassili-Ostrow qu'elle
voyait assez souvent.

Pendant qu'elle était encore chez son premier hôte, un officier de la chancellerie,
M. V.... secrétaire des commandements de

S. M. I. l'impératrice mère, lui avait conseillé de présenter une requête pour obtenir des secours, et s'était chargé lui-même de la faire parvenir. M. V....., croyant secourir un pauvre ordinaire, lui avait destiné cinquante roubles, et lui fit dire de passer chez lui. Elle s'y présenta le matin lorsqu'il était en ville, et fut reçue par Mme V.... qui l'accueillit amicalement et qui entendit le récit de ses aventures avec autant de surprise que de plaisir. La jeune fille était enfin sur la route qui devait la conduire bientôt à l'accomplissement de tous ses vœux. Mme V.... la pria d'attendre le retour de son mari; et dans la longue conférence qu'elles eurent ensemble, cette dame sentit redoubler l'intérêt qu'elle avait conçu au premier abord pour Prascovie.

Lorsque les personnes d'un vrai mérite, lorsque les âmes bonnes se rencontrent pour la première fois, elles ne font point connaissance : on peut dire qu'elles se reconnaissent comme de vieux amis, qui n'étaient séparés que par l'éloignement ou l'inégalité des conditions.

Dans la première heure que Prascovie passa chez cette dame, elle reconnut avec transport cet accueil simple et cordial qui ne l'avait jamais trompée dans ses espérances, et pressentit son bonheur ; elle trouvait dans son cœur plus de confiance qu'elle n'en avait jamais éprouvé. Ses prières, écoutées par la bienveillance et soutenues par l'espoir, eurent toute la chaleur qui devait en assurer le succès.

À son retour M. V... partagea les sentiments de son épouse, et ne voulut point offrir à la jeune fille le secours qu'il lui avait destiné sans la connaître. Comme il devait retourner à la cour incessamment, il promit de la recommander à Sa Majesté, si le temps et les affaires le permettaient, et la pria de dîner chez lui, pour recevoir sa réponse.

L'impératrice ordonna que Prascovie lui fût présentée le même soir à six heures. La voyageuse ne s'attendait point à tant de bonheur. Lorsqu'elle en reçut l'assurance, elle pâlit et fut prête à se trouver mal. Au lieu de remercier M. V.... elle leva vers le ciel ses yeux pleins de larmes. «O mon Dieu ! s'écria-t-elle

« Je n'ai donc pas mis en vain mon espoir en
vous ! » Pleine du trouble qui l'agitait, et ne
sachant comment témoigner sa reconnaissance
à son nouveau protecteur elle baisait les mains
de Mme V.... « Vous seule, lui disait-elle, êtes
« digne de faire agréer mes remerciments à
« l'homme bienfaisant dont j'attends la déli-
« vrance de mon père ! »

Vers le soir, sans rien changer à son costume simple, on donna quelques soins à sa
toilette, et M. V.... la conduisit à la cour. En
approchant du palais impérial, elle pensait à
son père, qui lui en avait représenté l'entrée
comme si difficile. « S'il me voyait mainte-
« nant ! disait-elle à son conducteur, s'il savait
« devant qui je vais paraître ! quelle joie n'é-
« prouverait-il pas ! Mon Dieu ! achevez votre
« ouvrage ! »

Sans faire la moindre demande sur la manière dont elle devait se présenter, ni sur
ce qu'elle devait dire, elle entra sans trouble
dans le cabinet de l'impératrice. Sa Majesté
la reçut avec sa bonté connue et l'interrogea
sur les circonstances de son histoire, qu'elle

désirait connaître, d'après le précis que lui en avait fait M. V.... Prascovie répondit avec une assurance modeste, comme aurait pu le faire une personne possédant l'usage du monde. Elle parla du but de son voyage : persuadée de l'innocence de son père, elle ne demanda point sa grâce, mais la révision de son procès. Sa Majesté loua son courage, sa piété filiale ; elle promit de la recommander à l'empereur, et lui fit remettre aussitôt trois cents roubles pour ses premiers besoins, en attendant de nouveaux bienfaits.

Prascovie sortit du palais tellement pénétrée de son bonheur et de la bonté de l'impératrice, que lorsqu'à son retour Mme V..., lui demanda si elle était contente de sa présentation, elle ne put répondre que par un torrent de larmes.

Pendant son absence, une dame de la maison de la princesse de T.. ne la voyant pas revenir depuis le matin, interrogea le domestique qui l'avait accompagnée et apprit de lui qu'il l'avait vue monter en voiture avec M. V...., pour se rendre à la cour : on était donc informé de sa présentation. Lorsqu'elle entra vers les neuf heures du soir, elle fut aussitôt, et pour la première fois, appelée au salon : le succès qu'elle venait d'obtenir avait opéré une petite révolution dans l'esprit de tout le monde. Son bonheur fit le plus grand plaisir à ses amis, et parut en faire davantage encore aux personnes qui ne lui avaient témoigné jusqu'alors que de l'indifférence. Lorsqu'elle raconta les promesses de Sa Majesté, et les espérances qu'elle en avait conçues pour la délivrance de son père, on trouva cela tout naturel et fort aisé. Plusieurs des membres de la société s'offrirent généreusement de parler au ministre en sa faveur et de la protéger ; enfin le contentement parut général, et le joueur de boston, après que les remises furent achevées, donna lui-même des marques sensibles d'intérêt.

Elle se retira bientôt dans sa chambre pour se mettre en prières et pour remercier Dieu des faveurs inattendues qu'elle venait d'en recevoir. Son bonheur lui ôta pendant plusieurs heures le sommeil qui l'avait fuie si souvent pour des causes bien différentes.

Lorsqu'elle se réveilla le lendemain, et que le souvenir de tout ce qui s'était passé la veille rentra dans sa mémoire, elle fit un cri de joie : « N'est-ce pas un songe trompeur qui m'abuse ? est-il bien vrai que j'ai vu l'impératrice, qu'elle m'a parlé avec tant de bonté. »

Les transports de sa joie augmentaient à mesure que ses idées plus claires se débarrassaient des vapeurs du sommeil. Elle s'habilla promptement ; et afin de s'assurer encore de la réalité des événements de la veille, elle courut aussitôt ouvrir un tiroir dans lequel se trouvait l'argent qu'elle avait reçu par ordre de Sa Majesté.

Quelques jours après, l'impératrice mère lui fit assigner une pension, et voulut bien elle-même la présenter à l'empereur et à l'impératrice régnante, qui l'accueillirent aussi favorablement. Elle reçut de leur générosité un présent de cinq mille roubles, et des ordres furent donnés pour la révision du procès de son père.

Le vif intérêt qu'elle inspira bientôt à M. de K...., ministre de l'intérieur, ainsi qu'à toute sa famille, applanit toutes les difficultés. Cet homme respectable possédait deux avantages qui se trouvent rarement réunis dans les personnes en place, le pouvoir et le désir d'obliger ; et plus d'une fois les services qu'il aimait à rendre prévinrent les démarches des malheureux. M. de K... mit toute l'obligeance qui lui était naturelle à terminer la révision du procès dont il était chargé ; et depuis ce moment, l'intéressante solliciteuse n'eut plus aucune inquiétude sur son sort à venir. Connue à la cour et favorisée du ministre, Prascovie voyait avec plus de surprise encore que de joie l'empressement subit que le public lui témoignait. Les ministres étrangers et les personnes les plus considérables de la ville voulurent la voir, et lui donnèrent des marques de bienveillance.

La princesse Y... et Mme W... lui assurèrent l'une et l'autre une pension de cent roubles.

Cette faveur générale n'influa point sur sa manière d'être, et ne lui donna jamais le moindre mouvement de vanité. Elle avait dans le monde cette assurance que donne la simplicité, j'oserai dire cette hardiesse de l'innocence, qui ne croit pas à la méchanceté des autres.

L'étude approfondie du monde ramène toujours ceux qui l'ont faite avec fruit à paraître simples et sans prétentions : en sorte que l'on travaille quelquefois longtemps pour arriver au point par où l'on devrait commencer. Prescovie, simple en effet et sans prétentions, n'avait besoin d'aucun effort pour le paraître, et ne se trouvait jamais déplacée dans la bonne société. Un jugement sain, un esprit juste et naturel suppléaient à son ignorance profonde de toute chose, et souvent ses réponses inattendues et fermes déconcertèrent les indiscrets.

Un jour quelqu'un l'interrompit au milieu de son récit, en présence d'une nombreuse assemblée, et lui demanda pour quel crime son père avait été condamné à l'exil. A cette question peu délicate, un profond silence annonça la désapprobation de la société. La jeune fille, jetant sur l'indiscret un regard plein d'une juste et froide indignation : « Monsieur, lui » répondit-elle, un père n'est jamais coupable » pour sa fille, et le mien est innocent. »

Lorsqu'elle racontait les détails de son histoire, et développait sans y penser les qualités de son noble caractère, elle n'était jamais animée par l'enthousiasme qu'elle inspirait à ses auditeurs. Elle ne parlait que pour satisfaire aux demandes qu'on lui faisait. Ses réponses étaient toujours dictées par un sentiment d'obéissance, jamais par le désir de briller ou même d'intéresser personne. Les éloges qu'on lui prodiguait excitaient son étonnement, et lorsqu'ils étaient outrés, ou même de mauvais goût, son mécontentement devenait visible.

Le temps qu'elle passa dans la capitale, en attendant le décret de rappel de son père, lui donna des jouissances innombrables. Tout était nouveau pour elle, tout l'intéressait. Les personnes qu'elle voyait fréquemment admiraient les jugements pleins de sens qu'elle portait sur les divers objets de ses observations. Deux dames de la cour, qu'elle avait prises dans une affection particulière, les comtesses W....., lui proposèrent un jour de voir l'intérieur du palais impérial, et s'amusèrent beaucoup de la surprise que lui causaient à chaque pas tant de richesses réunies et de si vastes appartements. Lorsqu'elle entra dans la magnifique salle de Saint-Georges, elle fit le signe de la croix, croyant entrer dans une église. Elle revit sans les reconnaître quelques salons qu'elle avait déjà parcourus lors de sa présentation, tant elle était alors préoccupée de sa situation et du sujet important qui l'y amenait !

Comme elle passait dans une grande pièce, l'esprit frappé par tant de merveilles, une des dames lui fit remarquer le trône. Elle s'arrêta tout à coup, saisie de respect et de crainte. « Ah ! c'est donc là, dit-elle, le trône » de l'empereur ! Voilà donc ce que je crai- » gnais si fort en Sibérie ! » L'effroi que lui causait jadis cette idée, le souvenir des bienfaits de l'empereur, la pensée de la délivrance prochaine de son père, remplirent son cœur

reconnaissant d'un trouble inexprimable. Elle
joignait les mains en pâlissant. « Voilà donc,
« répétait-elle d'une voix altérée et prête à se
« trouver mal, le trône de l'empereur ! » Elle
demanda la permission de s'en approcher, et
s'avança toute tremblante, soutenue par ses
deux conductrices, vivement touchées elles-
mêmes de cette scène inattendue. Prascovie,
à genoux au pied du trône, en baisait les marches avec transport et les mouillait de ses larmes. « O mon père, s'écriait-elle, voyez où la
« puissance de Dieu m'a conduite ! O mon
« Dieu ! bénissez ce trône, bénissez celui qu
« l'occupe, et faites que ses jours soient rem-
« plis de tout le bonheur dont il m'a com-
« blée ! »

On eut quelque peine à l'entraîner dans un
autre appartement ; mais elle demanda bientô
à se retirer, fatiguée des vives émotions qu'elle
venait d'éprouver, et l'on remit à un autre
jour la visite du reste du Palais.

Quelque temps après, les deux dames la
conduisirent à l'Ermitage. Ce superbe palais,
dont les richesses et l'élégance donnent l'idée

d'une féerie, lui causa plus de plaisir que
tout ce qu'elle avait admiré jusqu'alors. Elle
voyait pour la première fois des tableaux et parut prendre un grand plaisir à les examiner. Elle
reconnut d'elle-même plusieurs sujets tirés de
l'Ecriture sainte ; mais en passant devant un
grand tableau de Luca Giordana, qui repré-
sente Silène ivre, soutenu par des bacchan-
tes et des satyres : « Voilà, dit-elle, un vilain
» tableau ! Que représente-t-il ? » On lui répondit que le sujet était tiré de la Fable.
Elle demanda de quelle fable. Comme elle
n'avait aucune idée de la mythologie, il eût
été difficile de lui donner une explication satis-
faisante. « Tout cela n'est donc pas vrai ? di-
» sait-elle. Voilà des hommes avec des pieds
» de chèvres. Quelle folie de peindre des cho-
» ses qui n'ont jamais existé, comme s'il en
» manquait de véritables ! » Elle apprenait
ainsi à l'âge de vingt et un ans, ce qu'on apprend ordinairement dans l'enfance. Cependant
sa curiosité ne la rendait jamais indiscrète, elle
faisait rarement des questions et tâchait de
comprendre ou de deviner elle-même ce que

ses observations lui présentaient de singulier et de nouveau.

Rien ne l'intéressait autant que de se trouver dans une société de personnes instruites qui ne faisaient pas attention à elle, et d'entendre leurs discours : elle regardait alors tour à tour chaque interlocuteur à mesure qu'il parlait, et l'écoutait avec une attention particulière, n'oubliant rien de ce qu'elle avait entendu ou pu comprendre.

Lorsqu'elle était avec ses connaissances intimes, elle ramenait involontairement la conversation sur l'accueil bienveillant que lui avaient fait les deux impératrices. Elle rappelait avec sensibilité chacune de leurs paroles et ne pouvait en parler sans que des larmes de reconnaissance vinssent humecter ses paupières : elle était heureuse alors d'entendre chacun enrichir sur les sentiments d'admiration qu'elle témoignait et s'étonnait de ce qu'on n'en parlait pas assez souvent à son gré.

L'ukase du rappel de son père tarda cependant plus qu'elle ne s'y était attendue. Tandis

que ses amis aplanissaient les difficultés de
cette affaire. Prascovie n'oubliait point les
deux prisonniers qui, lors de son départ d'Is
chim, lui avaient offert de partager leur petit
trésor avec elle. Souvent elle avait parlé
d'eux aux personnes qui ne pouvaient influer
sur leur sort ; mais ses protecteurs lui avait una-
nimement conseillé de ne pas ajouter cette démarche à celle qu'on faisait en faveur de son
père, et la crainte seule de nuire à la cause
de ses parents avait pu l'empêcher de suivre
ses bonnes intentions. Heureusement pour ces
malheureux, la bonté de l'empereur lui
donna l'occasion de lui être utile. Lorsque
l'ukase définitif de la délivrance de son père
fut expédié en Sibérie, en lui faisant annoncer
cette heureuse nouvelle, Sa Majesté chargea le
ministre de lui demander si elle n'avait rien
à désirer personnellement pour elle-même.
Elle répondit aussitôt que si l'empereur voulait
encore lui accorder une grâce après l'avoir
comblée de bonheur par la délivrance de son
père, elle le suppliait d'accorder la même
faveur aux deux infortunés compagnons de

ses parents. M. K...., rendit compte à l'empereur de la noble reconnaissance qui porta la jeune fille à sacrifier les faveurs de Sa Majesté pour rendre service à deux hommes qui lui avaient offert quelques kopecks à son départ de la Sibérie. Son désir fut exaucé, et l'ordre de leur rappel partit quelques jours après celui qui concernait son père.

Ainsi le mouvement de générosité qui avait porté les deux hommes à secourir de leurs faibles moyens la voyageuse à son départ leur valut la liberté.

Prascovie, ayant obtenu tout ce qu'elle désirait, songea bientôt à remplir ses vœux, et repartit en pèlerinage pour Kiew. Ce fut en remplissant ce pieux devoir et en méditant sur tout ce que la Providence avait fait en sa faveur, qu'elle prit la détermination irrévocable de consacrer ses jours à Dieu. Tandis qu'elle se préparait à ce sacrifice et qu'elle prenait le voile à Kiew, son père recevait, en Sibérie, la nouvelle inattendue de sa liberté ; sa fille était partie depuis plus de vingt mois, et, par une fatalité inexplicable, ses parent n'avaient jamais reçu de ses nouvelle. Pendant cet intervalle, l'empereur Alexandre était monté sur le trône : à son heureux avénement, un grand nombre de prisonniers avaient été rappelés ; mais ceux d'Ischim n'étaient pas du nombre. Le sort de Lopouloff et de sa femme n'en était devenu que plus cruel. Privés désormais de tout espoir ainsi que de la présence de l'enfant chéri qui les avait aidés à supporter la vie, ils étaient prêts à succomber sous le poids de leurs maux lorsqu'un courrier du gouverneur de Tobolsk vint les tirer de cet abîme. Ils reçurent, avec l'ukase de leur délivrance, un passe-port pour rentrer en Russie et une somme d'argent pour leur voyage.

Cet événement, et les circonstances qui l'avaient amené, firent beaucoup de bruit en Sibérie. Les habitants d'Ischim, qui connaissaient Lopouloff, ainsi que les prisonniers qui se trouvaint dans le village, vinrent chez lui dès qu'ils en eurent connaissance. Ceux de ses anciens compagnons d'infortune qui tournaient en ridicule l'entreprise de Prascovie, ceux surtout qui lui avaient refusé les secours dont ils pouvaient disposer pour son voyage, auraient bien voulu maintenant y avoir contribué. Lopouloff reçut les félicitations de tout le monde avec reconnaissance ; et son bonheur aurait été complet, sans le regret qu'il éprouvait de laisser en captivité ses deux amis, dont il ignorait encore la bonne fortune.

Ces deux hommes, déjà vieux, étaient en Sibérie depuis la révolte de Pougatcheff, dans laquelle ils avaient été malheureusement impliqués dans leur jeunesse. Lopouloff s'était plus étroitement lié avec eux depuis le départ de sa fille ; eux seuls, parmi toutes ses connaissances, avaient pris un intérêt sincère au sort de la voyageuse. Pendant longtemps leurs entretiens ne roulaient que sur elle, et sur les chances heureuses ou malheureuses qu'ils prévoyaient tour à tour, suivant que la crainte ou l'espérance les agitait. Lopouloff offrit de leur laisser une partie des secours qu'il avait reçus ; mais il n'acceptèrent pas son offre. « Nous « n'en avons pas besoin, dit l'un d'eux, et j'ai

« encore la pièce d'argent que votre fille a re
« fusée à son départ. »

Il n'entrait dans ce refus aucune jalousie ;
mais un profond découragement accablait ces
deux infortunés, depuis la nouvelle qui les
séparait de leur unique ami. Ils se rappelèrent
la promesse que leur fit, en partant, Prascovie, de s'intéresser à eux, persuadés, ainsi que
tous les habitants d'Ischim, d'après mille bruits
qui couraient dans le public, de la faveur sans
bornes qu'elle avait obtenue : ils se crurent
oubliés et n'osant se plaindre à son père, ils
renfermaient en leur cœur le sombre chagrin
qui les dévorait.

La veille du jour où Lopouloff devait les
quitter, ils voulurent prendre congé de lui
pour n'avoir pas la douleur d'assister à son
départ : ils sortirent de chez lui à neuf heures
du soir, et se retirèrent le cœur navré de
toutes les douleurs que les hommes peuvent
supporter sans mourir.

Après leur départ Lopouloff et sa femme
pleurèrent longtemps sur le sort de leurs deux
amis. « Sans doute, disaient-ils, notre fille

» ne les a pas oubliés; peut-être encore, avec
» le temps, obtiendra-t-elle leur grâce : nous
» l'engagerons à faire de nouvelles démarches
» en leur faveur. » Avec ces idées consolantes
ils se couchèrent pour être prêts à partir le
lendemain de bonne heure.

Ils étaient à peine endormis, qu'ils enten-
dent frapper fortement à la porte : le même
feldiègre (1) qui leur avait apporté la bonne
nouvelle, n'ayant pas trouvé le capitaine ispravnik (2) auquel était adressée la dépêche,
et connaissant leur logement, revenait avec la
grâce des deux amis. Lopouloff se leva précipitamment pour le conduire chez eux.

Les deux malheureux s'étaient retirés dans
le plus affreux désespoir. En rentrant dans
leur chaumière déserte, ils s'assirent sur un

(1) Mot tiré de l'allemand, qui signifie *chasseur de
campagne*. Les *feldiègres* sont un corps avec des grades
et un habit militaires : ils remplissent en Russie les fonctions de courrier d'État et de cabinet.

(2) Les capitaine ispravniks ont à peu près les mêmes
fonctions que celle de nos sous-préfets.

banc dans l'obscurité, et gardèrent un profond silence. Que pouvaient-ils se dire? Ils
avaient perdu toute espérance, et l'exil éternel pesait maintenant sur eux avec une nouvelle force.

Depuis deux heures ils souffraient à la fois
leurs maux présents et ceux que leur présa-
geait un sombre avenir, lorsque la lueur d'une
lanterne vint éclairer tout-à-coup la petite fenêtre de leur réduit: ils écoutent: plusieurs
personnes marchent et parlent auprès de la
chaumière. On frappe ; une voix amie et bien
connue se fait entendre : « Amis! ouvrez !
» Grâce! grâce aussi pour vous ! Ouvrez ! »

Aucune langue ne peut décrire une sembla-
ble situation. Pendant quelques minutes
on n'entendit que des phrases entrecoupées :
« Grâce! L'empereur ! Que Dieu le bénisse !
» Que Dieu soit loué! Qu'il comble de ses
» faveurs la bonne Prascovie, qui ne nous
» a pas oubliés !» Jamais habitation humaine
n'avait renfermé des êtres plus heureux ; jamais il n'exista de passage plus rapide du com-

ble de l'infortune au bonheur le plus ines-
péré.

Le capitaine ispravnik , ayant appris , en
rentrant chez lui, qu'un feldiègre le cherchait,
courut lui-même chez les deux amis, et dé-
cacheta la dépêche, qui contenait deux passe
ports pour eux et une lettre de Prascovie à son
père. Elle écrivait qu'après avoir obtenu cette
nouvelle grâce elle n'aurait osé solliciter encore
des secours pour le voyage de ses anciens compagnons ; mais que Dieu y avait pourvu en récompense de l'offre généreuse qu'ils lui avaient
faite lors de son départ de Sibérie : elle avait
joint à sa lettre la somme de deux cents roubles
en assignations.

Cependant elle attendait à Kiew, avec la
plus vive impatience, la nouvelle du retour
de son père ; il lui semblait, en faisant le calcul du temps, qu'il aurait pu lui écrire.

En prenant le voile à Kiew, elle n'avait
point l'intention de s'y fixer, voulant s'établir

Exilés de Sibérie.   7

pour toujours dans le couvent de Nijeni (1),
comme elle l'avait promis à l'abbesse : elle
écrivit à cette dernière lorsque ses dévotions
furent achevées, et partit bientôt après pour
se rendre près d'elle. Cette bonne supérieure l'attendait avec impatience, et ne lui
avait point appris l'arrivée de son père pour
lui réserver une surprise agréable. Lopouloff
et sa femme étaient à Nijeni depuis quelque
temps. Prascovie, en arrivant, se prosterna
aux pieds de l'abbesse, qui s'était rendue à la
porte du monastère, avec toutes ses religieuses, pour la recevoir. «N'a-t-on point de nouvelles de mon père? demanda-t-elle aussitôt. — Venez, mon enfant, lui dit la supérieure ; nous en avons de bonnes; je
vous les donnerai chez moi. » Elle la conduisit le long des cloîtres et du couvent sans
rien ajouter. Les religieuses gardaient le silence
et leur air mystérieux l'aurait inquiétée, sans
le sourire de bienveillance qu'elle voyait sur
tous les visages.

(1) Les religieuses en Russie, ne font point le vœu de
clôture.

En rentrant chez l'abbesse, elle trouva son père et sa mère, auxquels on avait également caché son arrivée. Dans le premier moment de surprise qu'ils éprouvèrent en voyant leur fille chérie en habit de religieuse et pressés à la fois par un sentiment de reconnaissance et de douleur, ils tombèrent à genoux devant elle ; à cette vue Prascovie fit un cri douloureux, et se mettant elle-même à genoux : « Que faites-vous mon père ? s'écria-t-elle ; c'est Dieu, Dieu seul, qui a tout fait ! Remercions sa providence pour le miracle qu'elle a opéré en notre faveur. » L'abbesse et ses religieuses, touchées de ce spectacle, se prosternèrent elles-mêmes, et réunirent leurs actions de grâces à celles de l'heureuse famille.

Les plus tendres embrassements succédèrent à ce mouvement de piété ; mais d'abondantes larmes roulaient dans les yeux de la mère lorsqu'elle les fixait sur le voile de sa fille.

Le bonheur dont jouissait la famille Lopouloff depuis sa réunion ne pouvait être de longue durée. L'état religieux qu'avait embrassé Prascovie condamnait les vieux parents à vivre

séparés de leur fille, et cette nouvelle séparation leur paraissait plus cruelle encore que la
première, parce qu'elle était alors sans espérance. Leurs moyens ne leur permettaient pas
de s'établir à Nijeni ; sa mère avait des parents
à Wladimir qui les invitaient à se rendre auprès d'eux : la nécessité les contraignit à
prendre ce dernier parti. Après avoir passé
huit jours dans une alternative continuelle de
joie et de tristesse, troublés dans leur félicité
par la pensée de leur éloignement prochain,
ils songèrent à partir pour leur nouvelle desti-
nation ; la bonne mère surtout était incon-
solable. « A quoi nous a servi, disait-elle,
» cette liberté tant désirée ? Tous les succès de
» notre chérie n'étaient donc destinés qu'à
» l'arracher pour toujours de nos bras ? Que
» ne sommes-nous encore en Sibérie avec
» elle ! » Telles étaient les plaintes de la malheureuse mère.

C'est une grande douleur à toutes les épo-
ques de la vie de se séparer pour toujours de
ses proches et de ses amis ; mais combien de
destinée est plus affreuse encore lorsque l'âge

pèse déjà sur nous, et que nous n'attendons
plus rien à l'avenir !

En prenant congé de ses parents, dans
l'appartement de la supérieure, Prascovie leur
promit d'aller leur faire visite à Wladimir,
dans le courant de l'année ; ensuite la famille
accompagnée de l'abbesse et de quelques religieuses, se rendit à l'église. La jeune novice,
quoique aussi sensible que sa mère à ce te dou-
loureuse séparation, se montrait plus forte et
plus résignée et cherchait à l'encourager. Cependant, pour prévenir les transports de sa
douleur dans les derniers moments, après
avoir prié quelques instants avec elle au pied
des autels, elle s'éloigna doucement entra dans
le chœur où se trouvaient les autres religieuses, et parut au travers de la grille. «Adieu,
» mes bons parents, leur dit-elle ; votre fille
» appartient à Dieu, mais elle ne vous ou-
» bliera pas Père chéri, mère tendre, faites,
» faites le sacrifice que Dieu vous commande,
» et qu'il vous bénisse mille fois!» Prascovie, trop émue, s'appuya contre la grille ;
des larmes longtemps retenues couvrirent son

visage. La malheureuse mère, hors d'elle-même, s'élança vers sa fille en sanglottant : l'abbesse fit un signe de la main ; au même instant un rideau fut tiré. Les religieuses entonnèrent le psaume : *Heureux les hommes irréprochables dans leur foi qui marchent dans la loi du Seigneur !* On entraîna Lopouloff et sa femme à la porte de l'église, où leur voiture les attendait : ils avaient vu leur fille pour la dernière fois.

La nouvelle religieuse s'assujettit sans peine à la règle austère du couvent : elle mettait à l'exécution de ses devoirs la plus grande exactitude, et gagna de plus en plus l'estime et l'affection de toute la communauté ; mais sa santé s'affaiblissait visiblement : sa poitrine était attaquée. Le couvent de Nijeni construit sur une montagne battue par les vents, était dans une situation défavorable pour ce genre de maladie. Après qu'elle eut passé un an dans cette maison, les médecins lui conseillèrent de changer de séjour.

L'abbesse, que des affaires appelaient à Pétersbourg, résolut d'emmener avec elle Pras-

covie. Outre l'espoir de favoriser par ce voyage
le rétablissement de sa santé, la bonne dame
pensait avec raison que la réputation de sa novice, et l'affection que tout le monde lui portait
dans la capitale seraient utiles aux intérêts du
couvent. Prascovie devint une solliciteuse aussi
active que désintéressée. Mais se conformant
aux convenances qu'exigeait d'elle son nouvel
état, elle ne se répandit point dans la société
comme la première fois et vit seulement les
personnes que la reconnaissance et l'amitié lui
faisaient un devoir de cultiver.

A cette époque, ses traits étaient déjà fort
altérés par l'étisie prononcée qui la minait
sourdement; mais dans cet état même de dé-
périssement, il eût été difficile de trouver
une physionomie plus agréable et surtout plus
intéressante que la sienne. Elle était d'une
taille moyenne mais bien prise; son visage entouré d'un voile noir qui couvrait tous ses cheveux, était d'un bel ovale. Elle avait les yeux
très noirs, le front découvert, une certaine tranquillité mélancolique dans le regard et jusque
dans le sourire.

Elle connaissait la nature et tous les dangers de sa maladie : toutes ses pensées étaient tournées vers un autre monde qu'elle attendait sans crainte et sans impatience comme une vaillante ouvrière qui a fini sa journée et qui se repose en attendant la récompense qui lui est due.

Quand les affaires de l'abbesse furent terminées, les deux religieuses se disposèrent à retourner à Nijeni. La veille de son départ, Prascovie sortit pour prendre congé de quelques amis qui lui avaient envoyé leur voiture : en rentrant dans leur maison, elle trouva sur l'escalier une jeune fille assise sur les dernières marches, et dans le costume de la plus grande misère. La mendiante, la voyant suivie d'un laquais à livrée, se leva péniblement pour lui demander l'aumône et lui présenta un papier qu'elle tira de son sein. « Mon père est
» paralytique, lui dit-elle, et n'a d'autres se-
» cours que l'aumône que je reçois ; je suis
» moi-même malade, et bientôt je ne pourrai
plus l'aider. » Prascovie prit le papier d'une main empressée et tremblante : c'était une

l'attestation de pauvreté et de bonne conduite donnée par le prêtre de la paroisse. Elle se souvint aussitôt du temps malheureux où, assise sur les marches de l'escalier du sénat, elle sollicitait vainement la pitié du public. La ressemblance qu'elle voyait entre le sort de cette pauvre petite fille et celui qu'elle avait elle-même éprouvé l'émut profondément ; elle lui donna le peu d'argent qu'elle avait, et lui promit d'autres secours. Les personnes dont elle allait prendre congé s'empressèrent à sa recommandation, de faire du bien à cette infortunée, et devinrent, depuis cette époque, les protecteurs de son père.

Avant de partir de Pétersbourg, elle avait demandé la dispense de la loi qui défend aux novices de faire leurs vœux définitifs avant l'âge de quarante ans : elle ne négligea rien pour obtenir cette grâce, qui lui fut toujour refusée.

En retournant à Nijeni, l'abbesse s'arrêta quelques jours à Novogorod dans un couvent de religieuses, dont la règle moins austère et la situation auraient été convenables à la santé

de la pauvre novice. Celle-ci s'était particuliè-
rement liée, au couvent de Nijeni, avec une
jeune compagne qui avait une sœur dans le
couvent de Novogorod où elle se trouvait maintenant. Pendant le séjour que Prascovie fit auprès d'elle, cette dernière s'efforça de gagner
son amitié : elle lui apprit que sa sœur avait
obtenu de changer de monastère et de venir
à Novogorod, et lui conseilla de l'y accompagner. L'abbesse, qui voyait sa novice chérie
dépérir sous ses yeux, y consentit elle-même
malgré la tendre affection qu'elle lui portait,
et fit, en arrivant à Nijeni, toutes les démarches nécessaires.

Prascovie quitta bientôt son ancien monastère, emportant avec elle les regrets sincères
de toute la communauté et des personnes de
la ville qui l'avaient connu. Elle employa les
deux premiers mois de son séjour à Novogorod
à faire construire une petite maison de bois,
contenant deux cellules pour elle et son amie
parce qu'il ne s'en trouva point de vacante à
leur arrivée, et fut très contente de son nouvel asile. Ses compagnes, qui la connaissaient

déjà personnellement, regardèrent son entrée dans leur couvent comme une faveur particulière du ciel, et s'empressèrent de remplir pour elle les devoirs trop pénibles qui ne s'accordaient pas avec sa santé. Ces soins, et la tranquillité dont elle jouissait, prolongèrent ses jours jusqu'en 1809.

Déjà les médecins, depuis longtemps, désespéraient de sa vie ; mais quoiqu'elle-même en eût fait le sincère sacrifice, elle ne croyait point encore sa fin prochaine. C'est sans doute par un bienfait de la Providence que, dans cette cruelle maladie pour laquelle il n'est plus de remède, la vie semble se ranimer et donner quelques moments d'espoir à l'être qu'elle va bientôt abandonner, comme pour lui cacher les approches de cette heure terrible que personne ne doit connaître.

Prascovie la veille de sa mort, se promena quelque temps dans les cloîtres avec moins de fatigue qu'à l'ordinaire : enveloppée chaudement dans une pelisse, elle s'assit à la porte du couvent. Le soleil d'hiver semblait la ranimer ; l'aspect de la neige brillante lui rappe-

lait la Sibérie et les temps écoulés. Un trai
neau de voyageur passa devant elle et s'éloi
gna rapidement; l'espérance fit encore palpi-
ter son cœur. « Le printemps prochain, dit-elle
« à son amie, si je me porte mieux, j'irai
« faire une visite à mes parents à Wladimir,
« et vous m'accompagnerez n'est-ce pas? » En
disant ces mots, le plaisir brillait dans ses
yeux mais la mort était sur ses lèvres. Sa
compagne tâchait de lui montrer un visage
riant et de retenir ses larmes prêtes à couler.

Le lendemain, 8 décembre, jour de la fête
de sainte Barbe, elle eut encore la force d'aller
à l'église pour communier; mais le soir, à
trois heures elle se trouva plus mal et se plaça
sur son lit sans se déshabiller, pour prendre
du repos. Plusieurs religieuses étaient dans sa
cellule, et, ne la croyant pas en danger, par-
laient haut et riaient entre elles dans le but
l'amuser; cependant la présence de tant de
monde la fatiguait. Lorsqu'elle entendit le
son de la cloche qui les appelait aux prières
du soir, elle les engagea à aller à l'église, en
se recommandant à leurs prières. « Aujour-

« d'hui, leur dit-elle, vous prierez encore
« Dieu pour ma santé, mais dans quelques se-
« maines vous prierez pour le repos de mon
« âme. » Son amie resta seule dans sa cellule.
Prascovie la pria de lui dire les prières du
soir comme elle en avait l'habitude, et pour
accomplir sa tâche jusqu'à la fin. La religieuse,
à genoux près de son lit, se mit à chanter
doucement les prières ; mais après les premiers versets, la malade lui fit signe de la
main en souriant. Son amie s'approcha d'elle,
et pouvait à peine l'entendre. « Ma chère amie
« lui dit-elle, ne chantez plus, cela m'empê-
« che de prier : récitez seulement. »

La religieuse se mit à genoux : pendant
qu'elle psalmodiait les prières, la mourante
faisait de temps en temps des signes de croix.
La nuit devint sombre.

Lorsque les religieuses revinrent avec de la
lumière, Prascovie n'existait plus. Sa main
droite était restée sur sa poitrine et l'on voyait
à la disposition de ses doigts, qu'elle était
morte en faisant le signe de la croix.

xilés de Sibérie.

BEAUX TRAITS
DE DÉVOUEMENT.

CAMPAN,

(Jeanne-Louise-Henriette GENET Mme)

Naquit à Paris le 6 octobre 1752. Fille de
M. Genet, premier commis au ministère des
affaires étrangères , elle reçut sous les yeux
de son père l'éducation la plus soignée. Ses
connaissances variées et ses talents attirèrent
sur elle l'attention de la duchesse de Choi-
seuil , qui la fit nommer, à quinze ans, lectrice de Mesdames, tantes de Louis XVI.

En 1770, Marie-Antoinette ayant eu occasion de la voir, apprécia ses qualités aimables et désira se l'attacher. Elle la maria à M. Campan, fils de son secrétaire intime, et la prit pour sa femme de chambre, en lui permettant de conserver sa charge de lectrice auprès de *Mesdames*.

Quand les excès de la révolution eurent mis en péril les jours de la famille royale, madame Campan donna des preuves de son dévouement à sa protectrice. Elle était aux Tuileries pendant la terrible journée du 10 août, et elle eût été elle-même enveloppée dans le massacre des serviteurs dévoués qui étaient accourus au château pour défendre Louis XVI, si un homme n'eût arrêté le bras de l'assassin déjà levé sur elle, en s'écriant : « *Faites grâce aux femmes, ne déshonorez pas* » *la nation.* »

Ce fut en vain qu'elle demanda avec les plus vives instances à partager la captivité de la reine qui avait été transférée au Temple. Pétion lui refusa cette faveur, on la mena-

çant, si elle insistait, de l'envoyer à la Force.
Madame Campan, obligée de quitter Paris, se
retira à Combertin, où elle apprit avec effroi
les attentats du 21 janvier et du 16 octobre.
Avant de quitter la famille royale elle en
avait reçu un témoignage de confiance qui répond assez aux soupçons répandus par ses
ennemis sur sa fidélité. Louis XVI la rendit
dépositaire de plusieurs papiers importants,
où des hommes intéressés à incriminer sa conduite, eussent pu trouver des prétextes d'ac-
cusation contre le monarque.

Ce fait ayant été connu , madame Campan
fut poursuivie par ordre de Robespierre ; le 9
thermidor la sauva. Après cette époque qui
laissa respirer la France , madame Campan
alla se fixer à Saint-Germain, où, pour faire
subsister sa famille , elle établit une maison
d'éducation. Ce pensionnat jouit bientôt d'une
grande vogue , et au bout d'un an, il comp-
tait déjà soixante élèves appartenant aux familles les plus distinguées. Madame de Beau-
harnais, devenue depuis impératrice , y plaça

sa fille Hortense et sa nièce Emilie. Bonaparte lui même confia à Madame Campan l'éducation de sa plus jeune sœur, Caroline. Parvenu à l'empire, Napoléon, créa par un décret, la maison d'Ecouen, où les filles des membres de la Légion-d'honneur devaient recevoir le bienfait de l'éducation, et en confia la direction à madame Campan, dont il appréciait le savoir et les manières distinguées.

Au retour des Bourbons, la maison d'Ecouen ayant été supprimée, les jeunes filles qui s'y trouvaient furent placées à Saint-Denis, et les fonctions de madame Campan cessèrent. Elle eut même la douleur de voir reproduire contre elle d'anciennes accusations de trahison. Madame Campan se retira à Mantes où elle reçut le dernier soupir d'un fils sur lequel reposaient ses espérances. Elle-même atteinte bientôt d'une maladie qui exigea une opération cruelle, expira le 16 mars 1822. On a d'elle : *Conversation d'une mère avec sa fille. Lettres de deux jeunes amies. Mémoires sur la vie* privée de Marie-Antoinette, reine de France et de Navarre, suivis de souvenirs et anecdotes historiques sur les règnes de Louis XIV, Louis XV et Louis XVI. De l'Education. Conseils aux jeunes filles.

MADEMOISELLE CAZOTTE.

Des bandes armées de brigands parcourent
les rues de Paris et se dirigent vers les prisons. L'expression de leur figure est hideuse.
Tout ce que l'âme a de passions viles, atroces,
dégoûtantes, s'y retrace avec une effrayante
vérité. Leur costume ajoute à l'horreur qu'ils
inspirent. L'ignoble bonnet rouge domine leur
front impudent ; une veste, appelée carmagno-
le, et dont le nom s'associe à des souvenirs

infâmes, cache mal les lambeaux dont la plupart sont affublés; leur poitrine est nue, haletante. Des chants sauvages, des hurlememts de mort s'exhalent de leur bouche. A leur tête figurent quelques hommes flétris de vices et de crimes. Un tribunal de sang est érigé devant chaque prison à l'entrée du premier guichet; les juges, et quels juges! prononcent sur le sort des victimes que des bourreaux massacrent à l'instant. O excès de terreur, de faiblesse ou de cruauté! des hommes, des femmes assistent comme spectateurs à ces horribles exécutions. Les uns applaudissent avec des cris forcenés; les autres, qui ne trouvent pas même d'excuses dans d'aveugles passions, affectent une joie que démZent leur air épouvanté.

La sang a coulé tout le jour, toute la nuit, et la rage des assassins n'est pas encore assouvie. Dans l'enceinte de la prison, on s'interroge sur la posture à prendre pour ne pas souffrir aussi longtemps. Les geôliers poussent les malheureux hors du fatal guichet, et le meurtre s'accomplit.

Maillard a désigné une victime. Il a nommé
Cazotte. Ni ses cheveux blancs, ni ses écrits in-
génieux et spirituels n'ont pu le protéger. Il
s'avance calme et résigné. Déjà la hache est
levée... Un ange le défend, c'est sa fille. Elle
s'élance entre le vieillard et les bourreaux.
— « Vous n'arriverez à mon père qu'après
» m'avoir percé le cœur. » L'énergie de son
action, les grâces touchantes de sa figure, sa
jeunesse, ses larmes, étonnent les assassins et
suspendent leurs coups. Elle respire... mais
bientôt, honteux de leur pitié, ils lèvent de
nouveau la hache. Elle observe leurs mouve-
ments — Frappez-moi la première ! s'écrie-
t-elle avec un accent que les mots ne rendent
pas. — Oh ! que j'obtienne de vous la grâce
de mourir avant mon père ! Et ses mains sont
jointes, et ses traits sont animés d'une expression sublime. —Elisabeth ! Elisabeth !...
murmure le vieillard qui tremble pour son
enfant — Je ne verrai pas couler son sang !
répond-t-elle éperdue. Les bourreaux se regardent. Pourront-ils frapper?... Un cri de
grâce se fait entendre. Il est répété au dedans,

au dehors. L'heureuse fille saisit son père et l'enlève au cri de *vive la nation !*

Le 12 septembre voit renaître les angoisses de la piété filiale. Cazotte est arraché à sa retraite et les portes de la Conciergerie s'ouvrent pour le recevoir. Elisabeth l'a suivi. Repoussée par les geôliers, elle vole à la commune, chez le ministre de l'intérieur, elle demande, elle implore la grâce de partager le cachot de de son père. Elle l'obtint. C'est moi ! c'est Elisabeth !... Et le front du vieillard est couvert de baisers. Un doux sourire brille à travers les larmes de la jeune fille, elle regarde son père, parle, tient des discours sans suite, s'interrompt mille fois pour le regarder et pour l'embrasser encore. Il dort... Elisabeth veille, elle abandonne sa paille humide, s'avance doucement vers le vieillard, l'écoute respirer ; et sûre qu'il goûte un sommeil paisible, elle regagne cette couche si souvent arrosée de ses larmes.

O désespoir! elle est arrachée du sein de son père et mise au secret. Quand elle recouvre

la liberté, elle apprend qu'ils l'ont immolé
Mourra-t-elle? Non il lui reste un devoir à
remplir. Sa mère l'attend pour pleurer avec
elle.

MADEMOISELLE DE SOMBREUIL.

Le sang ruisselait dans les cours de l'abbaye : les cris des victimes se mêlaient aux imprécations des bourreaux et au roulement du char funèbre qui portait les corps sanglants dans les fosses préparées à Montrouge. M. de Sombreuil va franchir le guichet fatal. Quelle mort !... Des accents désolés épouvantent les cœurs. — Vous entendrez mon père, vous l'entendrez ou vous m'entendrez à sa place.

Tous les regards se tournent sur une jeune fille belle de sa pâleur, de ses larmes et de son désespoir. Ses cheveux flottent en désordre sur son cou. Tantôt ses yeux lancent des éclairs d'indignation, tantôt ils sont doux, timides et suppliants. Intrépide elle affronte les haches, les sabres; elle fait un rempart de son corps au vieillard qu'elle appelle son père. A travers cette foule homicide, des femmes ou plutôt des furies ont frappé ses regards; elle les émeut, les intéresse; puis élevant la voix. — J'en appelle au peuple! tous les prisonniers ont été interrogés; mon père le sera, je le défendrai...—Oui, oui, qu'il soit interrogé, s'écrient les monstres attendris. Elle a reçu trois blessures: son sang coule, elle ne sent rien; elle plaide la cause de son père avec cette chaleur, cette éloquence dont l'âme a toujours conservé le secret. Les juges hésitent... elle attend... ses yeux sont suspendus à leurs lèvres; une effroyable anxiété torture ces traits si purs et si gracieux. Que vont-ils prononcer?... — Voici ta dernière épreuve, dit un brigand; bois ce verre, et jure d'être fidèle

à la nation. C'est du sang... Elle recule... Ses
cheveux se dressent sur son front pâle et glacé;
un cri d'horreur va s'échapper de son sein;
mais son père... Elle tend un bras défaillant,
le verre est dans sa main qui tremble... Une
joie satanique brille sur la figure des assassins,
la sentence de son père y est écrite en carac-
tères de sang. Elle ferme les yeux et boit l'é-
xécrable liqueur. Un tonnerre d'applaudisse-
ments, les cris mille fois répétés de *vive la*
nation ! lui apprennent que son père est sau-
vé. Elle l'entraîne aussitôt loin de ce lieu
d'horreurs. Il est rendu à sa famille à ses
amis. Pourquoi sa fille est-elle pensive et mélancolique? Dieu ! quelles horribles convul-
sions agitent tout son corps ! Elle vient de se
rappeler le verre de sang et l'outrage fait à
la nature,

O crime ! ô honte ! M. de Sombreuil est encore arraché à ses affections. C'est encore sa
fille qui le suit. A la vue de l'héroïne, tous
les prisonniers, oubliant leur malheur, s'in-
clinent avec respect devant son dévouement
sublime.

Mademoiselle de Sombreuil survécut à son père. Elle avait désarmé des assassins, elle ne put émouvoir des juges. Sombreuil périt.

L'héroïne, dérobée elle-même à la mort par la réaction du 9 thermidor, quitta la France et n'y revint qu'en 1815 mariée au comte de Villelumo. Elle mourut à Avignon en 1823.

SOEUR MARTHE.

Anne Biget, connue sous le nom de sœur Marthe, naquit à Thoraise, village situé près de Besançon, le 26 octobre 1748, et s'est rendue célèbre par ses vertus et son infatigable charité chrétienne. Elle entra fort jeune comme couturière, au couvent de la Visitation, à Besançon, où les nobles qualités qui la distinguaient déjà, fixèrent sur elle l'attention de la présidente, Mme de Garon, pensionnaire du couvent, et ceux de M. Durfort, archevê-

que du d ocèse. Elle reçut d'eux les moyens
de satisfaire son cœur, visita les prisons et y
fit entendre des paroles consolantes.

Après la suppression des établissement religieux en 17 , sœur Marthe qui , retirée à
Besançon , n'avait pour exister qu'une modique pension de cent trente-trois livres , et le
revenu très minime d'une petite maison, partagea ses faibles ressources avec les pauvres
nécessiteux.

Durant nos troubles politiques, elle accou-
rait au secours de toutes les victimes, quelle
que fût la bannière qu'elles eussent suivie ;
on vit surtout éclater son dévouement lorsque
la guerre encombra nos hôpitaux de blessés
de toutes les nations ; elle avait pris cette de-
vise : *Tous les malheureux sont mes amis.*

En 1814, lors du blocus de Besançon , elle
distribuait chaque jour la soupe à plus de
mille infortunés, et, en 1817, elle trouva également les moyens d'arracher à la mort une
foule de familles. Elle allait à la rencontre
des détachements de militaires malades ou
blessés leur porter les premiers appareils ,

les premières consolations , et jamais cette
femme selon l'Evangile ne songea à demander
à aucun d'eux quelle nation l'avait vu naître,
ni quelle religion il professait. Aussi était-elle
considérée et chérie comme la mère de tous.

En 1815, une fête lui fut donnée dans la
prison militaire, située près de Chamars, par
des Français, des Autrichiens, des Hongrois,
des Prussiens, des Russes, des Polonais, des
Espagnols, des Italiens, des Suisses, des Anglais. La société d'agriculture de Besançon lui
avait décerné, en l'an ix une médaille d'argent
portant cette légende : *Hommage à la vertu.*

En France une croix particulière, frappée
en son honneur, lui fut adressée par le ministre de la guerre ; et les souverains étrangers, hors le roi d'Espagne, voulant reconnaî-
naître les soins touchants prodigués à leurs
sujets , recherchèrent l'humble bienfaitrice
jusque dans sa cellule. Sœur Marthe reçut la
grande médaille d'or de Russie , celle du mérite civil d'Autriche , une troisième du roi de
Prusse, accompagnée de cent louis neufs. Elle
avait obtenu des monarques , que son neveu,

M. Biget, peintre estimable, jouirait de la sur-
vivance de ses décorations. Louis XVIII lui
avait fait aussi l'accueil le plus flatteur. Sœur
Marthe est morte à Besançon, dans sa soixan-
te-seizième année, le 20 mars 1824.

FIN.

TABLE.

—

FIN DE LA TABLE.

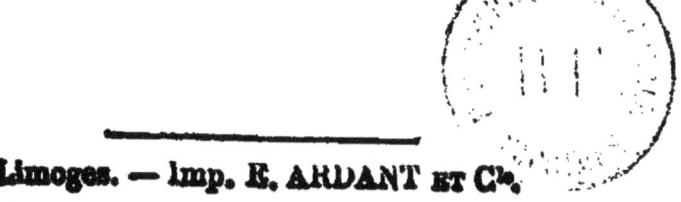

Limoges. — Imp. E. ARDANT et Cⁱᵉ.

Original en couleur

NF Z 43-120-8